虐待の子だった僕

実父義父と母の消えない記憶

ブローハン聡

Brojan Satoshi

さくら舎

はじめに

「ああ、この人を超えたな」

4歳から11歳まで僕のことを虐待しつづけた義父。「もう死ぬかもしれない」と思うほど僕のことを痛めつけ、体にも心にも大きな傷をつけた義父。

11歳のときに虐待が発覚し、児童養護施設に入り、14歳のとき、最愛の母ががんで亡くなりました。そして26歳のとき、15年ぶりに僕は義父と再会したのです。そのときに湧いてきた感情は、自分でも思いもよらないものでした。


虐待を受けていた頃の僕にとって、義父の存在は強大でした。たとえるなら、生態ピラミッドの頂点に君臨しているイメージ。弱いものの数が多く、下のほうにいて、強い肉食獣がピラミッドの上のほうに位置している、アレです。

「いつか義父に復讐してやる」「やられたことをやり返すだけが復讐じゃない。見返してやる方法はないか」という思いにとらわれていたこともありました。でもそんな復讐心は14歳のとある経験をきっかけに消え、時が経って、僕のなかで、義父とのことはほとんど克服したつもりでいたんです。

しかし。電話で会いに行ってもいいかと確認をしたときに、本当に久しぶりに義父の声を聞きました。すると、ただ電話越しに「おい」という声を聞いただけで、体がすくんでしまいました。やはり、義父はまだ、僕にとってのピラミッドの頂点にいたんです。改めて義父の存在の大きさを思い知りました。

ただ僕は、

「あれだけ暴力を受けてつらい日々を送ったけど、僕は屈しなかったぞ。こんなに強く生きているんだぞ。どうだ」

といまの成長した自分の姿を見せつけ、また一方で、

「あなたのおかげで人の痛みを思いやることができるようになりました。感謝しています」

と伝えることで、虐待されていた過去をすべて清算できると考えていました。なので、わざわざ会いに行ったんです。

ところが、身がまえて行った僕に対して、義父の口から出たのは思わぬ言葉でした。

「お前を殴っていたのは、お前のせいでも俺のせいでもない。お前の本当のお父さんとお母さんが悪いんだ」

なんなんだろう、この人は。

自分のしたことをほかの人のせいにして、一生懸命言い逃れをして。

義父の姿が、急に小さく見えました。子どもの頃から抱きつづけてきた強大な存在としての義父の幻影がフッと消え、情けないほどちっちゃく見えた。

その気持ちの変化に自分でも戸惑い、そのあと義父と何を話したのか、よく覚えていません。

伝えようと思っていた言葉も、口にしませんでした。もうそんなことはどうでもよくなったんです。


義父に会った途端に、なぜそれほど自分の気持ちが大きく変化したのか。その理由に気づくのに、それから半年ぐらいかかりました。

高校卒業と同時に児童養護施設を出て、つまり社会に出てから、僕は「こんなふうにはなりたくない」という大人をたくさん見てきました。

一方で、20歳になってから、自分の価値観を広げてくれるような素晴らしい大人たちとたくさん出会いました。

「器の大きな人」というのはどういう人物なのか。

「尊敬すべき人」とはどういう存在なのか。

自分が「こうなりたい」と思うようなお手本となる人たちのありさまを身近に感じながら、たくさんのことを学び、ひとりの人として成長してくることができました。

だから、義父の言葉を聞いたときに、

「自分のしたことを、誰かのせいにしたり、環境のせいにしたり、なんて器の小さいつまらない人なんだろう」

そう思えたんです。

「ああ、僕はもうこの人を超えたんだな」

と。

それまで、心のどこかでずっと「義父から受けた数々の虐待の記憶になんか負けない」

と思って生きてきたけれど、「義父という過去」の存在に執着していたのは僕自身だったんですね。

そうして、精神的に義父の存在を超えることで、義父という過去に対するこだわりを手放すことができた。

その瞬間、気持ちがすごくラクになりました。


僕を苦しめ支配してきた過去と向き合い、超えたことで、僕はやっと自分の人生のステップを軽やかに踏み出せるようになりました。ここからあらたな人生がスタートしたんです。


いまは、虐待・児童養護施設出身の当事者として、社会的養護下にある子どもたちを支援する活動を行ったり、セミナーやトークイベントなどに出演したり、ＹｏｕＴｕｂｅで発信したりしています。「社会的養護」とは、親といっしょに暮らせない子どもたちを公的な責任のもとで社会的に養育するしくみのことです。

最近、虐待が社会問題として取り上げられることが多くなってきました。一方で、「児童養護施設」など、社会的養護についてはまだまだ知識が広まっておらず、偏見を感じることもあります。

少しでも、こうした問題に興味をもってほしい。そしてじつは、こういった問題は他人《ひと》事《ごと》ではなくて、自分事なんだと、世の中の人に気づいてほしい。そんな気持ちで活動しています。

また、僕が虐待を受け、施設に入り、最愛の母を亡くして復讐の感情に押しつぶされそうになっていたとき、ある1枚の写真が、僕の考え方を180度変えました。その写真に出会えたことで、自分の人生に意味を見出せるようになったんです。

そんなふうに、自分も人を変えるきっかけになることができたら。そういう思いで、ここまで来ました。

僕がこの本で自分の体験を語ることで、みなさんに少しでも「じつは、自分の身近にある問題」に興味をもっていただけたら幸いです。

ただ、僕は虐待の当事者で、施設出身ではありますが、当事者にもいろいろな人がいて、それぞれのバックグラウンドがあります。僕が話すことが、虐待被害者や施設出身者全員に当てはまるというわけではありません。それは、いわゆる「ふつう」の家庭で育った人にも、みんなそれぞれの背景があり、経験があるのと同じことです。

それでも、いち当事者として声をあげられることがあればあげていきたい。いろいろな声のなかのひとつとして、発信していけたらと思っています。それをキャッチしてくださった方が、もっとほかの、たくさんの声にならない声に耳をすましてくださったら、こんなにうれしいことはありません。

少しでも、みなさんの心に届きますように。

２０２１年10月

ブローハン聡《さとし》

目次◆虐待の子だった僕――実父義父と母の消えない記憶

第2章　施設での暮らし

第3章　母の死

第4章　青春時代

第5章　社会の荒波

第6章　自分のルーツ

[相関図]

※敬称略、実父・義父は仮名
※山田妻2はメリージェーン・ブローハン

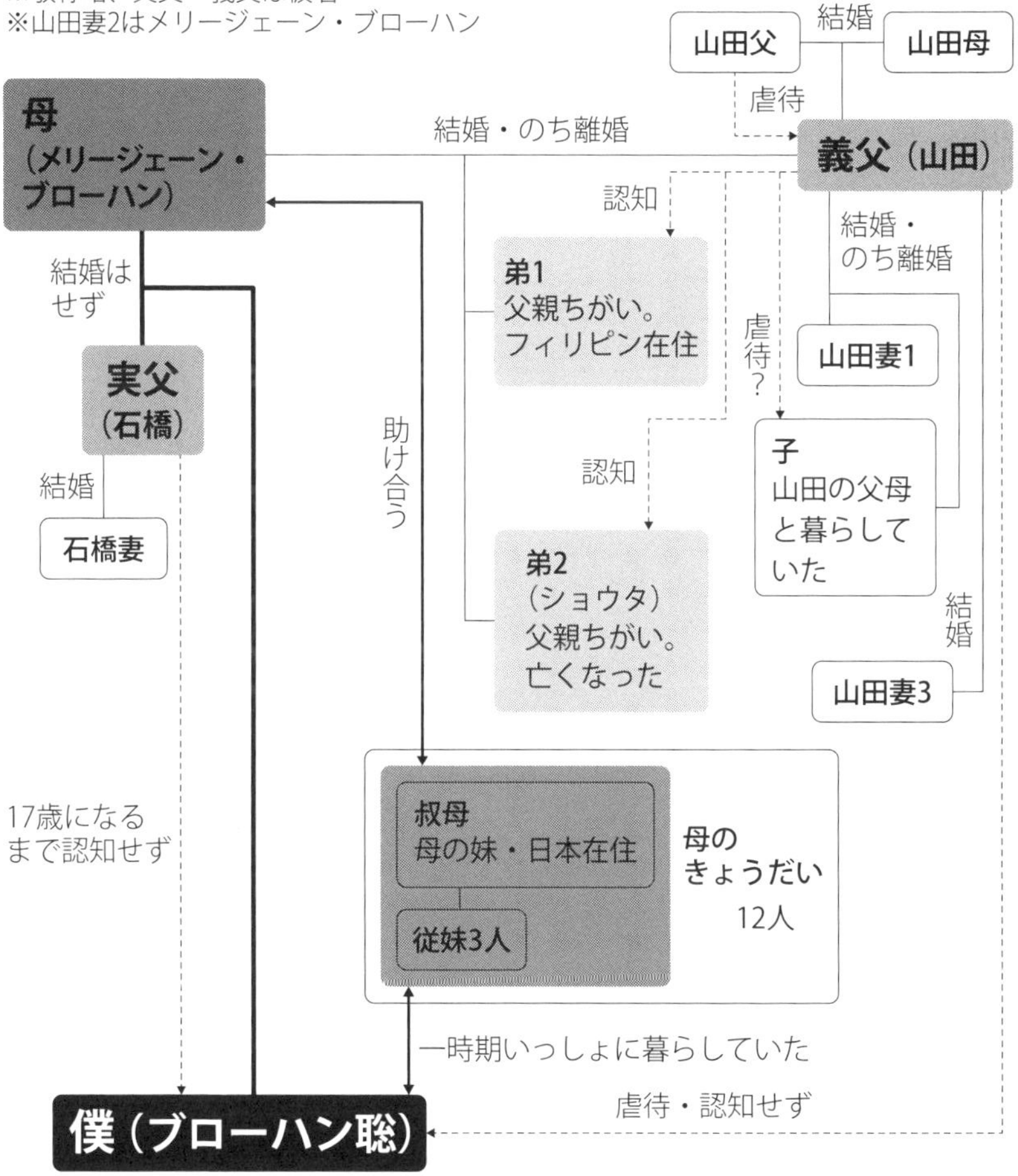

虐待の子だった僕

――実父義父と母の消えない記憶

第1章　虐待の日々

婚外子、無国籍、母はフィリピン人

僕の名はブローハン聡《さとし》。１９９２年２月29日、フィリピン人の母と日本人の父との間に婚外子として、墨田《すみだ》区の東向島《ひがしむこうじま》に生まれました。父には別の家庭があり、僕のことを認知してくれませんでした。認知とは、戸籍上の結婚をしていない男女の間に生まれた子どもを、自分の子どもであると法的に認めることです。だから、僕には長い間、国籍も戸籍もありませんでした。でも、名前は父がつけてくれたそうです。

「聡《さとし》」。聡明で、なおかつ文武両道で精神と肉体のバランスのとれた豊かな人に育ってほしいという願いがこめられていると母から聞きました。

母の名はメリージェーン・ブローハン。１９６９年９月23日生まれなので、僕を産んだのは22歳のとき。フィリピンから日本に出稼ぎに来ていて、勤め先のフィリピン・パブで父と知り合ったようです。母は若くてとても美人だったのですごくモテたと思います。それにとても優しかった。

僕の生まれた日はうるう日《び》の２月29日ですが、母は「お誕生日が４年に一度しか来ないのはかわいそうだから」と考え、1日ずらして28日生まれとしてくれました。17歳のときに戸籍を得ましたが、戸籍上も28日生まれです。でも、タレント活動をするようになってから、うるう日生まれというのは武器のひとつになるかなと思って、いまは本当の誕生日を公表しています。

母はフィリピン国籍で、当時はおそらく就労ビザを使って働いていました。国籍も戸籍ももたない僕を育てるのは本当に大変だったと思います。でも、必死でがんばってくれた。

フィリピン人の母、
メリージェーン・ブローハン

たとえば、母は住民登録をしていないのに、母子健康手帳を手に入れていました。母子健康手帳は、住んでいる市町村に妊娠を届け出ると交付されるので、母は手に入れられないものだったはずです。でも、どうやらお金を出して「桐田《きりた》」という苗字を買い、その名前で届けを出して入手したようです。僕は、いまもその「サトシ　キリタ」という名の書かれた

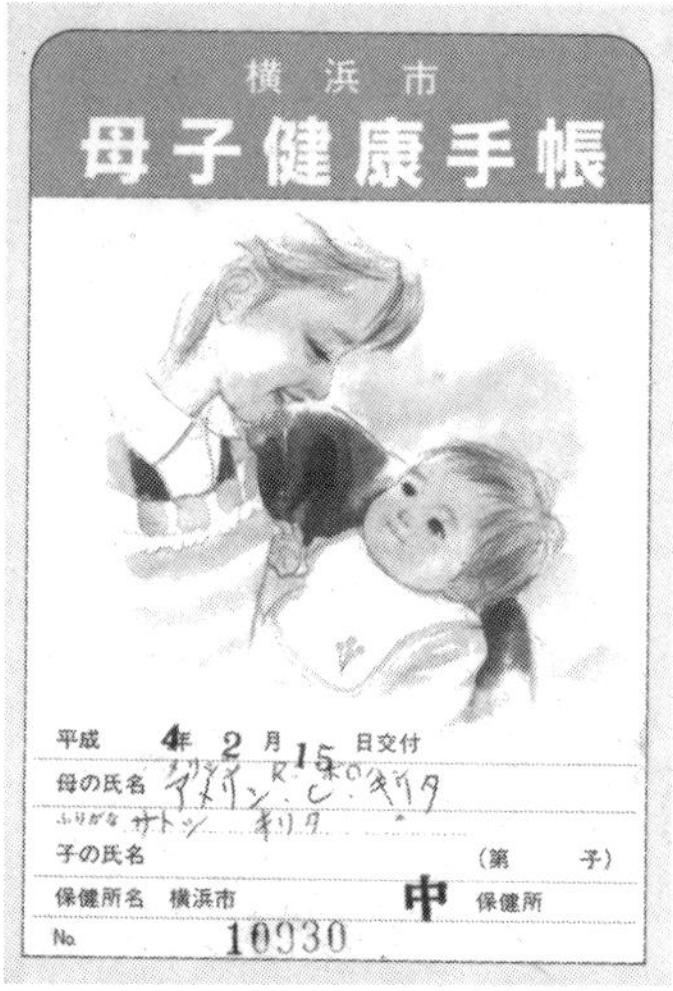

「サトシ　キリタ」という名前の
母子健康手帳

母子健康手帳を大事に持っています。これがあったおかげで、予防接種などを受けることができたと聞いています。

数年前、僕のドキュメンタリー番組を製作してくれたＮＨＫのディレクターさんがこの手帳の入手経路を調べてくれましたが、調べれば調べるほどふしぎな状況だそうで「不自然なことが多くて変だね」とおっしゃっていました。いったい、どうやって母は苗字や手帳を手に入れたのか。いまさら不可能だとは思いますが、いつか知ることができたらいいなと思います。

実父と義父

父の記憶はほとんどありません。あとになって、母の６つ下の妹、つまり僕の叔母から、その頃の暮らしぶりのことを聞きました。

僕が生まれた当時、父である石橋（仮名）さんは30代の働き盛り。でも、別に家庭があったせいか、生活費を出してくれていたのは僕が生後数ヵ月の間だけで、次第に滞るようになったそうです。

母は僕を産んでからもフィリピン・パブで働いていましたが、フィリピンの家族に仕送りもしていたので、親子ふたりで暮らすほどの十分な稼ぎはありませんでした。電気代を払えなくて止められ、夜はろうそくの灯《ひ》で過ごすこともあるほど、とてもひもじい生活を送っていたそうです。

また、石橋さんは母の住んでいるところに訪ねては来るけれど、育児にも一切かかわらなかったそうです。だから、叔母はいまでも「石橋さんのことは絶対に許せない」と言っています。

母は異国で働きながら、女手ひとつで僕を育ててくれました。

でも、僕のかすかな記憶のなかの「お父さん」はすごく優しかった。その父と母の間に、いったい何があって別れることになったのかは、よくわかりません。

僕が４歳のとき、母は別の日本人男性と結婚しました。その男性こそが義父の山田（仮名）さん。母は、石橋さんのときと同じように、山田さんとはお店で出会ったようです。

これはあとで知ったことですが、山田さんには離婚歴があり、すでに子どももひとりいました。その子のことは江東区《こうとう》西大島《にしおおじま》の山田さんの実家の両親に預けていて、それで、実家とは別のところで、母との新婚生活を始めたようです。

僕のことは、連れ子として家には入れてくれましたが、養子縁組はしてくれませんでした。だから、厳密に言うと「義父」ではないのです。山田さんからは、

「自分のことはクーヤ（フィリピンの公用語であるタガログ語で〝お兄さん〟）と呼びなさい」

と言われたことを覚えています。いま考えると、本当は義父ではなかったからだったのかもしれません。

母とは結婚しても、僕のことは認めず、ましてどのような形であっても父親になる気など一切なかったのでしょう。

虐待、始まる

山田さんの虐待が始まったのは、いっしょに暮らすようになってからまもなくのことです。

平手でパンッと叩かれたのがはじまりでした。山田さんいわく、僕が「この野郎」と言ったかららしいのですが、僕は記憶にありません。ただ当時、僕はテレビで映画などを見て言葉を覚えて、その言葉を口に出して言ってみていました。おそらく、そのなかのワンフレーズだったんだろうと思います。そこから暴力はどんどんエスカレートして、殴る蹴るは当たり前。肉体的な暴力はもとより、精神的な暴力もまたすごかった。それが学校に行くようになっても、何年も続きました。

たとえば、僕の正面に立って、

「俺の目を見ろ」

と言って、２、３時間かけて話をするのですが、それが食事の時間になっても、学校の時間になっても終わらない。その間、ちょっとでも目をそらそうものなら、

「俺の目をちゃんと見ろ！」

と言って殴るので、目をそらすこともできない。

でも、話のほとんどは自分のサッカーの実力といったつまらない自慢話や、仕事の話なんです。それをしつけのための説教と称しては、

「ちゃんと聞け！」

と言って、また殴る。

山田さんが見ているテレビの横に、ただ僕をじっと立たせるということもよくありました。ちらりとでもテレビに目をやるとまた殴られそうだから、絶対にテレビのほうは見ないようにしていました。小さいながらも自己防衛反応が働いていたのだと思います。

また、よくタバコを買いに行かされたのですが（当時はまだタスポがなくても買えました）、うっかりまちがえて言われたものではない銘柄を買ってしまい、

「だからお前はダメなんだ」

と、こっぴどく罵《ののし》られて、鼓膜がキーンとするような平手打ちをされたこともあります。でも、セブンスターとかマイルドセブンとか、まぎらわしい名前のものが多いので、子どもの僕には難しかったんです。

そんなふうにちょっとでもミスをすると、いい説教の材料ができたとばかりに、叱られて殴られて。本当にいいようにやられていました。

わざとまずい味付けにしたご飯を無理に食べさせられたり、包丁を投げつけられたりしたこともあります。

それから銭湯で、誰も見ていないときを見計らって頭をガッとつかまれ、水風呂に顔を沈められるというのも定番。かなり長く頭をおさえつけられているので、息ができなくて

「溺れて死ぬんじゃないか」

と思ったことが何度もありました。これは家のお風呂でもしょっちゅうされました。だから、大人になってから気づいたのですが、いまでも少し、プールや海にはトラウマがあります。

僕を車の後部座席に乗せ、急発進したり急ブレーキをかけたりして僕が前のシートにぶつかるのをおもしろがったり、バイクの後ろに僕を乗せて急発進して振り落としたりと、一歩まちがえると命にかかわるようなこともありました。

「言い訳ストーリー」で母を守る

山田さんが暴力を振るうのは、母が仕事で出かけている夜だけで、母の前では絶対に手をあげませんでした。また、母に気づかれないよう、殴ったり蹴ったりするのは服で隠れて見えないところに集中していました。僕のことは嫌いでも、母のことは愛していたから、虐待がバレて別れるようなことにはなりたくなかったのだと思います。

一度、傘で頭を思いきり叩かれて、大きな傷を負ったことがあります。そのときの傷痕はいまも左後頭部に10円ハゲとなって残っていますが、そのときの山田さんは、目に見えて焦っていました。頭から温かい液体、つまり血だったわけですけど、それが流れてくるなーとわかるくらいの傷だったんです。

でも僕は、母には「転んでぶつけた」と嘘の言い訳をしました。何を聞かれてもバレないように、綿密にストーリーをつくった言い訳です。たしか、家のなかの段差で転んで、角にぶつけたというものだったと思います。僕はいつも、そういう「言い訳ストーリー」を、いくつかストックしていました。僕は、虐待されていることは黙っていたかったんです。

なぜそんなことまでしてみずから隠すんだ、と思うでしょうか。

理由はカンタンです。

母を守りたかったから。

もし僕が本当のことを話して、母と山田さんがケンカになったら、母が危ない目にあうんじゃないかと恐れていたんです。僕にとって山田さんの暴力が自分だけで収まってくれることが、安心できるぎりぎりのラインでした。

そういえば、理由は忘れましたが、山田さんは一度だけ、母に対して手をあげたことがあります。母のことは大事にしていたので、そんなことするなんて！　と僕もびっくりしましたが、そのときとっさに山田さんに灰皿を投げつけた自分がいました。

自分に振るわれる暴力は我慢できても、母に対しての暴力は我慢できなかったんです。

母も僕のそんな行動にびっくりしたのか、泣きながら山田さんに怒りました。
これが、僕が山田さんに対して行った唯一の反抗です。

母と過ごした優しい時間

母と暮らしたのは、僕が生まれてから小学5年生で児童養護施設に入るまでの期間です。うんと小さい頃のことはよく覚えていないので、はっきりと記憶に残っているのは4歳から11歳までのお母さんです。といっても、その間も僕はあちこちに預けられていたので、実際にいっしょにいた時間はそれほど長くありません。

僕の記憶のなかの母は、優しくて、おいしいご飯をつくってくれる人。ゴーヤチャンプルーや、フィリピン料理のトゥシーノ、シニガン、ロンガニーサをつくってくれて、それがとってもおいしかった。掃除をしながらよく歌を歌っていて、その歌がとても上手で、いまでもときどき、掃除している後ろ姿を思い出します。そして、敬虔《けいけん》なクリスチャンでもありました。僕は洗礼は受けていませんが、母に連れられてよく日曜日のミサに行ったことを覚えています。

母のことで、唯一苦手だったのはタバコです。山田さんもタバコを吸うので、食卓のあ

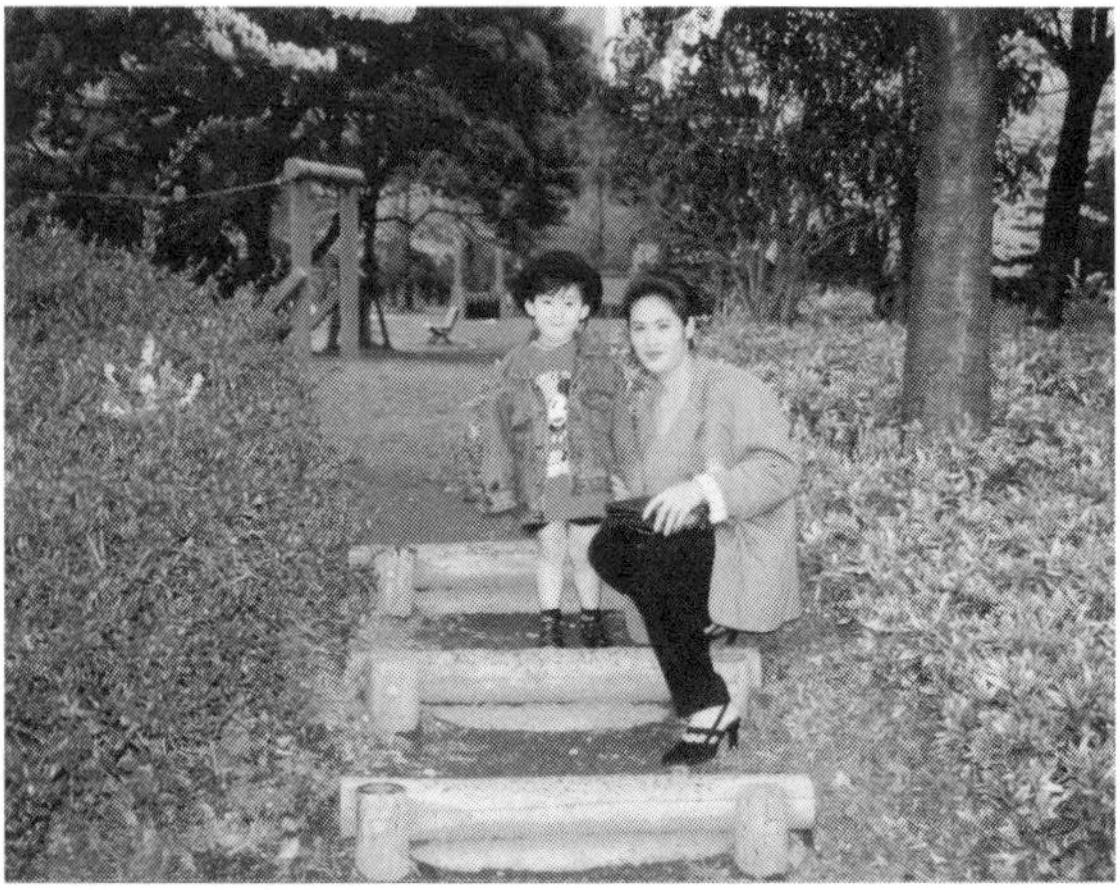

母と公園にて

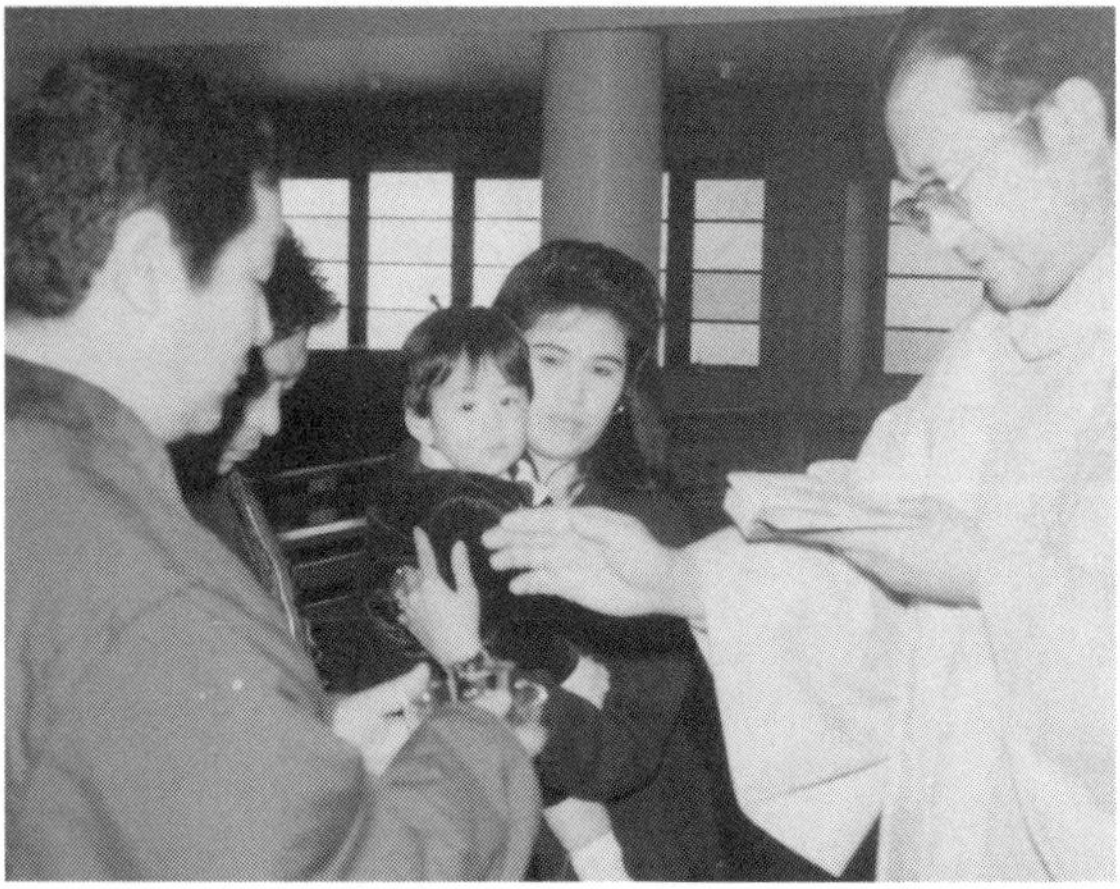

母と教会にて

る部屋にみんなでいるときは、煙で部屋が真っ白になるくらい。テーブルにもタバコの焦げあとがたくさんついていました。僕は小児ぜんそくがあったのですが、それはタバコのせいだと思っています。

それと、母はパチンコもしたのですが、そのときは僕もいっしょに連れていってくれました。でも、お客さんみんなが喫煙しながらパチンコをするので、店内は煙いしうるさいし息苦しいしで、僕はいつも隣のゲームセンターに避難してました。

ゲーム代を３００円くらいもらって行くのですが、負けてお金がなくなったらパチンコ店に戻らないといけないから、もう真剣。おかげでゲームがすごくうまくなりました。その後の人生で、つらいことがあって精神的に落ちそうになったときは、ゲームをして気をまぎらわせることで乗り越えたこともあります。それと、ゲームが上手だったおかげで友だちができたこともありました。これも結果的には、母のおかげです。

いまはもう、人生のなかで母といっしょにいない時間のほうが長くなってしまったけれど、それでも母は僕という人間の根っこであり、軸となっている存在です。

そんな母を、僕のことで困らせたり、悲しませたりしたくなかった。だから、山田さんに何をされても、ひたすら黙って耐えていました。

神様はもう信じない

5歳になる頃から、山田さんの新しい虐待が始まりました。

横を向いて寝ている僕の頭の上に枕を置き、その上で何度もジャンプをするんです。着地がずれて足が鼻に当たり、鼻血が出ることもよくありました。痛くて怖くて涙が出てくるけど、声を出して泣いたらますますエスカレートしそう……だから、絶対に声を出しちゃいけないと思って、こらえていました。流れてくる涙と鼻血とが口の中で混ざって、生暖かくてしょっぱい味がしました。さびたスプーンをなめたような味です。

山田さんはちょうど耳のあたりで飛ぶので、下手をすれば鼓膜が破れていた可能性もあったと思います。

そうやって僕の頭の上でジャンプするのは、たいてい山田さんが外で飲んで酔っぱらって帰ってきたとき。それは、こんな具合でした。

当時の家は、亀戸《かめいど》にありました。玄関の横がリビングで、その奥に母と山田さんがふたりで使っている寝室と、僕が布団を敷いて寝ている納戸がありました。

まず、帰宅した山田さんが玄関の鍵穴に鍵を入れる音で酔っていることがわかります。

酔った山田さんが、リビングを通り、寝室に入るのか、それとも僕のいる納戸に入ってくるのか、それによってその日の僕の運命は大きく変わることになります。

もし、山田さんが泥酔していて寝室に直行し、バタンキューならセーフ。でも、納戸の扉が開けられたら、

「ああ、今日はやられる日だ」

と覚悟を決め、なるべく息を殺して寝たフリをして、ひたすら嵐が通りすぎるのを待つんです。

だから毎晩、僕は、

「今日はやられませんように、やられませんように」

と、神様にお願いをしていました。

母がクリスチャンだったため、リビングには常に食卓を見下ろすようなところにイエス様の像と写真が飾ってありました。だからものごころがついた頃から、自分のなかにキリスト教かどうかはわからないけれど、「神様」という漠然とした大きな存在があったんです。

それで、夜になるたびに神様に一生懸命お祈りをしました。

でも、どんなに祈っても、納戸の扉は開いて、山田さんはやってくる。その度に僕は、

覚悟を決めるわけです。踏み台にされたり、いきなりサッカーボールみたいにお腹を蹴り上げられたりするのを、ひとりで耐えなくてはいけないと。

それをくり返すうちに、神様のことは信じなくなりました。そして、神様のかわりに自分自身のことを信じるようにしたんです。

"I love you. I miss you. I need you."

同じ頃、山田さんは寝ている僕の頭につまようじを刺すというのもよくやっていました。よくそんなことを思いつくなという感じですが、髪の毛の奥なので、多少出血しても母にバレないと思っていたんだと思います。

ところが、あるとき、いっしょにお風呂に入っていた母が、僕の頭に出血した痕があるのを見つけました。

「何、これ！　どうしたの！」

そのときも僕は何も言いませんでした。

でも、それがきっかけで、おそらく母は虐待に気づきました。そのあと山田さんと口論していたのをちょっと覚えています。そして、山田さんから引き離すためだと思いますが、僕はそれからよその家にちょくちょく預けられるようになりました。

僕のことをよく預かって面倒を見てくれたのは、先にも触れた母の妹で僕の叔母です。母は13人きょうだいで、そのうちお姉さんふたりも日本に働きに来ていました。ホームパーティなどでお姉さんたちの家に行って、母といっしょに1泊することはありましたが、僕だけが預けられたことはありません。母は妹にあたる叔母といちばん仲がよくて、お互いに助け合っていました。

叔母のほかには、僕の全然知らない日本人の夫婦とかフィリピンの人、バングラデシュの人、インドの人たちとも暮らした記憶があります。母の友人というより、単純に「知り合い」という程度の関係だったように思います。

そういう事情だったこともあってか、叔母のところではちゃんとご飯を食べさせてもらいましたが、それ以外の人たちのところでは、ご飯があったりなかったり。たいていみんな仕事に出かけてしまうのですが、「自分で適当に買って食べなさい」というようにお金を少し置いていってくれる人もいれば、何も用意してくれない人もいました。食べるものが何もないときは空腹すぎて、せめてお水だけでも飲みたい！　と思うのですが、よその家の冷蔵庫は開けちゃいけないと思っていたし、勝手に蛇口をひねって水を使っていいのかもわかりません。だから、トイレのタンクについている手洗い管から流れてくる水をコップに溜めて、飲んでいました。これなら許されるかなと思ったんです。当時の僕は、とにかく何かをしたら怒られる、と思いこんでいました。

でも、空腹以上につらかったのは、孤独です。

預け先の人たちも働きに行って家にいないことが多く、テレビの感覚でいうと、長いときは、木曜洋画劇場とか金曜ロードショーとか毎晩のようにやっている映画番組3回分帰ってこない。つまり、3日間も帰ってこないんです。その間、たったひとりで知らない人の家でじっと過ごすのは不安だし、夜はとりわけ寂しくなるので、夜9時からの映画番組がすごく楽しみでした。

そういう思いをすることがわかっていたので、母がよその家に僕を預けて、玄関のドアをバタンと閉めると、その瞬間にいつも泣き出していました。母は別れ際に必ず、

"I love you. I miss you. I need you."

と言って出ていくんです。当時は、それがどういう意味なのかわかりませんでした。でもいつも言ってくれた。そんな母を、僕は毎回玄関にひとり膝を抱えて座って、見送りました。

泣いているのがわかってしまうと母を困らせることになるので、泣き声だけは出さない

ように気をつけて、必ず、ドアが閉まってから。そうやって誰もいない暗闇のなかで、いつもひとりで泣いていたことは、いまでもよく覚えています。

友だちはテレビ

母といっしょに家にいるときに、ひとりで退屈していなかったかというと、そういうわけでもありません。

山田さんは公営のバスの運転手だったか郵便局員だったか、とにかく公務員で平日の昼間は仕事でいないので、その時間は平和です。でも、僕は幼稚園にも保育園にも行っていなかったので、友だちはひとりもいませんでした。そして、母も夜働いているので、朝から夕方頃までずっと寝ています。早めに起きたときは僕をパチンコに連れていってくれることもありましたが、たいていは起きたらお化粧をして着替えて仕事に出かけていくので、基本的に僕は家でひとりで遊んでいました。たとえば、立てた10円玉の上にさらに10円玉を立てるコイン積みをしたり、おもちゃのレゴをしたり、テレビを見たり。

その頃の僕にとって、テレビはとても大きな存在でした。

当時は山田さんの足音をいつも警戒していたせいで眠りが浅く、毎朝５時になるとパッと目が覚めるんです。でも、朝は山田さんも寝ているので虐待されることはないし、お母さんも寝ています。やることがないから、いつもテレビを見ていました。

いちばん印象に残っているのは、日曜日の朝に放送していた「セーラームーン」。これは、誰かの家に預けられていたときの記憶ですが、毎週、日曜日が来るのをすごく楽しみにしていました。

曜日や日付といった時間感覚は、テレビ番組の週間スケジュールでなんとなく身についていったように思います。また、お母さんとはタガログ語でやりとりをしていたので、日本語もテレビで覚えたようなものです。

僕にとってはテレビが唯一の友だちであり、また先生でもあったといえるかもしれません。

1年遅れで小学1年生に

そんな生活がずっと続き、やがて7歳になった1999年のある日、小学校に通うことになりました。5月か7月だったと思います。

その頃は亀戸のマンションに住んでいたのですが、いまは廃校になっている墨田区の八《や》広《ひろ》にあった木下川《きねがわ》小学校に、突然、母に連れていかれました。そして、女性の先生から「1年生と2年生と、どっちからやりたい？」と聞かれて、「1年生からスタートしたいです」と答えました。こうして、僕は同い年の子たちから1年遅れて、小学1年生になりました。

それにしても、その頃の僕にはまだ国籍も住民票もない状態だったのに、いったいどうして入学することができたのか。

ふつうだったら、早生まれの子が小学校に入学するのは6歳の4月からなのに、7歳の途中から、しかも1年生になれたのはどうしてなのか。

そうした事情はいまだにわかりません。

その小学校は全校生徒が25人しかいないうえ、学校の周辺は工場地帯で外国人労働者がたくさん住んでいました。そういうこともあって、生徒の半分は親のどちらかが外国人とか、両親とも外国人とかで、おそらく僕のように日本国籍をもっていない子もめずらしくないような状況だったのではないかと思います。だから、学校も臨機応変な対応に慣れていたのかもしれません。

あるいは、なんらかの形で母子健康手帳が役に立っていたのかもしれません。

ともかく、僕は小学校に入るまで読み書きなんて一切したことがなかったので、1年生になって、一から文字を教えてもらえたことは本当によかった。もし2年からスタートしていたら、人生はちがっていたと思います。だから、どちらからやりたいかを選ばせてくれた先生には本当に感謝しています。

まわりの子たちよりいろいろ遅れている点はありましたが、少人数だったこともあってか、どの先生もすごく丁寧に教えてくれたので、勉強が大変だったという記憶はありません。

ただ、お箸の持ち方がわからなくて、はじめは両手に1本ずつお箸を持って突き刺すようにして給食を食べていました。フィリピンはインドと同じように手で食べる習慣なので、家でお箸やフォークを使ったことがなかったんです。でも、まわりの子たちと自分を見比べて、ちがう持ち方だなと思い、同じようにしたほうがいいと考えて、まねして覚えました。

そうそう、小学校に入って、はじめて「桐田」という苗字がつきました。もちろんそれまでも、母子健康手帳では「桐田」だったのですが、母や叔母から呼ばれるときは名前だし、ほかの人から呼ばれることはありません。小学校でできた友だちから「きりちゃん」と呼ばれ、はじめて、苗字で呼びあうことを知りました。

はじめての友だち

その頃の僕は、まわりの大人たちの顔色をうかがいながら生活することがすっかり身に染みついていたので、学校でもまわりから浮いたり目立ったりしないよう、そして邪魔にならないよう、うまく距離感をつくって、なるべく自分の存在を消すようにしていました。

それがよかったのか、それまで友だち付き合いなんてしたことがなかったのに、すぐに友だちができました。土手で鬼ごっこをしたり、遊戯王のカード遊びをしたり。走るのが速かったので、鬼ごっこは得意でした。土手にはいろいろなものが捨てられていて、そういう落ちているものを拾っては遊びました。キックボードを拾ったこともありました。

なかでも、拾ってすごくうれしかったのは、自転車です。

すごくボロかったけれど、僕にとってははじめての自転車。最初はフラフラしましたが、しばらくすると乗れるようになりました。

そこで、僕は亀戸から八広の小学校までバスで通っていたんですが、自転車で通うことにしたんです。バスのルートを覚えていたので道に迷うことはありませんでした。

でも、バスの窓の中からなんとなく眺めていた風景と、その風景の中で自転車を漕ぎ、風を感じながら進んでいくのとでは大ちがい。

慣れてくると「もっと近道はないかな」と考えて未知のルートを開拓して、それまで知らなかった世界に出会えたりして。浮いたバス代をおこづかいにまわし、友だちといっしょに駄菓子屋さんに行ったりするのも楽しかった。

拾った自転車のおかげで、行動範囲が広がって、視野も広くなりました。それに、楽しみも増えてすごく気がまぎれました。


また、友だちの家に呼んでもらうこともあったのですが、そこでおおいに役立ったのがゲームセンター通いの経験。友だちのゲーム機を借りてやらせてもらうと、たいていうまくクリアできるので、友だちが先に進めなくなって困る度に、僕を呼んでやらせてくれました。それをみんなが見ていて盛りあがる。スーパーマリオブラザーズ、大乱闘スマッシュブラザーズ、ゼルダの伝説、ポケモンなんかをやりました。山田さんの家ではおとなしくしていましたが、外では遊びに困ることはなく、すごく楽しく過ごしていました。

小学校3、4年生のときには、好きな女の子もできました。学校でいちばんかわいい子です。でも、その子はコウスケ君という別の男の子のことが好き。僕は体育が得意で走るのも速かったのですが、コウスケ君はもっと速くて、どうしてもかないませんでした。学芸会などでみんなでいっしょに写真を撮るときも、僕の好きな子はいつもコウスケ君の隣にいて、「くそーっ」と思いながらも「まあ、しかたないか」と思っていました。僕の淡い初恋です。

母を傷つけた言葉

ちょうど小学校に入学したぐらいのタイミングでまたよその家に預けられ、山田さんとはしばらく離れて暮らすことになりました。

いちばん長く預けられていたのは、東向島のアパートに住んでいるフィリピン人の女性のところで、その間は、山田さんの虐待は受けずにすみました。

ただ、その女性が留守になるときは、隣の部屋のパキスタン人の男性に面倒を見てもらうことになったのですが、ここでまた嫌な体験をすることになりました。

アパートの１階の階段の裏あたりに、よく見ないと、人がいるかどうかわからないような暗がりがありました。そこに連れこまれては、その人の局部を手で握らされたり、なめさせられたりしたんです。僕のお尻に入れようとしてくることもあって、すごく嫌で必死で拒みました。また、部屋にいるときはたいてい僕のことを膝の上に乗せて、わざと局部を押しつけてくるようにするんです。すごく違和感があったけれど、でも、それが悪いことなのかどうか、当時はよくわかりませんでした。そういう行為、わかりやすく言えば性的虐待を数回にわたって受けましたが、いつの間にか、その人はいなくなりました。引っ越したのかもしれません。

そのアパートで暮らしていたのは小学校3年生の頃までで、気づいたらまたちがう家に住んでいました。

そうやってあちこち転々としていたので細かい記憶はありませんが、小学校4年生の頃には亀戸の山田さんのマンションでまたいっしょに暮らすようになっていました。

母といっしょに暮らせるのはすごくうれしかったけれど、山田さんの虐待は相変わらずでした。たとえば、マンションの部屋の玄関扉と枠の間に僕を挟み、思いきり腕を引っ張ったりするんです。

「この人、何やってるんだろう」

引っ張られているのは自分なのに、なんの感情も湧かずにまるで他人事のように見ているような、自分がそこにいないような感覚になることもありました。

基本的には学校に通わせてもらっていましたが、山田さんがうっかり僕の顔を殴って頬が腫れたりした日は、先生にバレるといけないから休むようにと言われました。

こんなふうに山田さんの気分に左右される生活が続きました。この生活をどうにかしようとすることを、僕はあきらめていました。我慢するとか弱音を吐くというところを通り越して、朝起きて歯を磨くのと同じような、日常の一環になってしまっていたんです。

そういうなかで、僕が暴れたり道を踏み外したりすることがなかったのは、母の愛を感じられていたからだと思います。

たった一度だけ、母にひっぱたかれたことがあるんです。何かのきっかけで僕は、

「生まれてこなきゃよかった」

と弱音を口にしてしまいました。言った瞬間、

「やべえ、言っちゃった」

と後悔したのですが、そのときにはもう叩かれてました。

でも、叩かれた痛みより、母を傷つけるようなことを言ってしまった、後悔のほうがよほど大きく残りました。

母は、僕が小学校４年生のときに山田さんとの子どもを妊娠し、出産しました。山田さんは、その子のことは認知して戸籍に入れました。自分と血のつながった子どもだからだ

弟と

と思います。

僕は戸籍に入っていなかったので、法律的には「異父兄弟」ではありませんが、ともかく弟ができました。母も山田さんも留守にしているときは、僕が弟の面倒を見ることもありました。

義父の背中の傷跡

読み書きから箸の持ち方までいろんなことを学んだ木下川小学校は、統廃合によって小学校4年生のときになくなってしまいました。

そこで小学5年生からは、江東区の西大島の大島中央小学校に通うことになりました。学校の近くに山田さんの実家があり、その1階に引っ越したからです。

駐車場つきの一軒家の1階に僕たちが、2階に山田さんの両親と山田さんの前妻との間の子どもが住んでいたのですが、二世帯住宅のような感じで、山田さんの両親と顔を合わすことはあまりなく、山田さんの子どものことも１、２回しか見かけたことがありません。
山田さんはかつてその男の子にも手をあげていたらしく、離婚してその子を引き取ったにもかかわらず、いっしょに暮らしていなかったようです。

２階の人たちとはほとんど接点はありませんでしたが、山田さんが自分の父親のことをすごく恐れていることは、なんとなく雰囲気から伝わってきました。
じつは、山田さんの背中には、まるでムチで打たれた痕のような大きなミミズ腫れがあります。僕は小さい頃、山田さんに連れられて銭湯にいっしょに行ったときに、その傷を見ていました。

「どうしたんだろう」

とそのときから思っていたのですが、山田さんが父親のことをすごく恐れているようすから、山田さんも父親から殴られていたのだと気づきました。

「こういうことって、親から子に受け継がれるものなのか」

と、子ども心にちょっと怖くなりました。

それでもともかく、僕は山田さんの弱みは父親だということをつかみました。そこで、次にひどいことをされたときに、２階に駆けこむことにしたんです。山田さんのお父さん、僕にとっては義理の祖父がなんとかしてくれるんじゃないかと思って。

階段を駆けあがってまさにピンポンを押そうとした瞬間、後ろから、

「ごめん、ごめん！」

というあわてた山田さんの声が聞こえてきました。振り返ってみると、階段の下で山田さんが僕に土下座をしているではありませんか。

その瞬間、はじめて「勝った！」という気持ちになりました。

さんざん痛めつけていた僕に土下座をするくらいだから、山田さんにとって父親の存在というのは、僕にとっての山田さんよりももっと厄介なのかもしれません。

僕は、これでしばらくは大丈夫だろうと思い、祖父に告げ口するのはやめて、下に降りました。

ところが、その後もすぐに虐待は再開。その家には駐車場があったので、母が家にいる時間帯でも駐車場に連れ出されては殴られました。だから、その駐車場が嫌いでした。

あるとき、駐車場でひどく殴られているうちに意識が飛んで、次に気づいたときには食卓の椅子に座ってお説教されていたということがありました。おそらく、軽い脳震盪《のうしんとう》を起こしていたんじゃないかと思います。

ただ、僕はその頃、暴力を振るわれているときは痛みを感じないよう、自分で意識を飛

ばすようにしていました。意識を飛ばすというのは失神するということではなくて、幽体離脱のようなイメージです。やられている自分の姿を、別の自分が上から見下ろしているような感じ。そうやって心と体を切り離すことで自分の心を守っていました。

考えてみると、僕は小学5年生、11歳までの記憶がほとんどありません。いままでここに書いてきたくらいのことしか、ないんです。

以前、ＮＨＫの取材を受けているときに、その頃の写真を見ながら感想を言おうとしたのですが、写真を見ても、何も出てこないんです。全然知らない子どもが写っているように見えました。

もしかしたら、虐待を受けているときは、常に意識を飛ばして、虐待を受けているのは自分ではないかのようにとらえて記憶から消そうとしていたので、その出来事の周辺にあった楽しかったことも、いっしょに忘れてしまっているのかもしれません。

家ではそんな状態でしたが、転校先の小学校でも友だちができ、家に遊びに行くこともありました。ただ、友だちの親から変に気遣われることもなかったので、外からは親子4人のふつうの家庭として見られていたんだと思います。僕もなるべく「ふつう」を演じていました。

虐待、バレる

僕が11歳で小学5年生になった頃、山田さんはライターで僕のことをあぶるという新しい虐待法を思いつき、それにハマっていました。

炎が顔に直接当たらないギリギリのところまで近づけて、耳にかかった髪の毛を焼かれたこともありました。チリチリと燃える音と、髪の焦げるにおいがするんです。でもメインであぶられるのは、外から見えないところ。山田さんは人にバレないよう、あぶるところを選んでいました。面積的にお尻があぶりやすかったのか、左の臀部《でんぶ》ばかりあぶるので、あるとき、ひどいやけどになって肌がグジョグジョになってしまいました。

お尻に傷があると、座ると飛びあがるほど痛いんです。だからまともに座れず、不自然な座り方になってしまう。これはきっと、山田さんにとって盲点だったんじゃないかと思います。

翌日の授業中、僕はお尻を半分を浮かすように、体を傾けて座っていました。すると担任の先生がそのようすを不審に思ったようで、僕は先生に呼び出されました。

先生が何を聞いても僕が一切答えようとしないので、校長先生や保健の先生など、５人くらい先生たちが集まってきました。そして、みんなで僕を取り囲むようにして、ついにお尻を見られてしまいました。

「ああ、やばい、バレた」

全身から血の気が引きました。

いままで、あんなに慎重に隠してきてたのに。

バレたことが山田さんにバレて、報復されてしまう。

お母さんにも火の粉が飛んで、ひどい目にあってしまったらどうしよう。

僕がずっと恐れていたことが、ついに起こってしまいました。

それまで、見える部分に傷ができることがあっても、ひたすら嘘をついてごまかし、隠しつづけてきていたんです。

でも、今回は場所が場所だけに、自分でやけどしたという言い訳が通らない状況でした。追いこまれた僕は、はじめて、山田さんから虐待されていることを告白してしまいました。

僕の話とやけどの状態から、先生方は見過ごすことはできないと判断したのでしょう。その場で児童相談所のケースワーカーさんに連絡をとってくれ、僕はそのまま学校から一時保護所に預けられることになりました。

一時保護所へ

学校から直接向かったのは、正確にいうと「児童相談所一時保護所」というところです。

一時保護所は、児童相談所に付設していて、18歳未満の児童を対象に、僕のように親から虐待を受けるなど、心身が危険な状態にあって、緊急の保護が必要だと判断された子どもを、一時的に保護するための施設です。

一時保護所では、原則的に個室が与えられます。起床や就寝など決められた日課に沿って過ごし、栄養バランスのとれた食事を3食きちんと食べられるので、規則正しい生活によって落ちつきを取り戻す子もいるようです。

また、学校の教室のような部屋があって勉強も教えてくれます。というのも、虐待されていた子の場合、親が子どもを無理やり連れ戻そうとするケースが多く、ひとりで外に出るのは危険だからです。だから、一時保護所にいる間は通学できません。

かわいそう、と思う方もいらっしゃるかもしれません。でも僕は、一時保護所で子どもを隔離するのは、必要な措置だと思っています。

というのも、実際、僕にも経験があるんです。これは一時保護所に保護される前、山田さんの実家に住んでいたときのことです。

その頃虐待に気づいていた母は、僕のことをちょくちょく、よその家に預けていました。そういうときは預け先の家から西大島の小学校に登校していたのですが、ある日、門の前で山田さんの車が待ち伏せをしていたんです。僕はすぐに気づいて、近くに停まっていた別の車のかげに隠れて、山田さんの車がいなくなるまでじーーーっと待ちました。ずいぶん長い間、隠れていたと思います。すごく、怖かった。

僕を預かってくれている家の人たちにそのことを話すと、自分たちの家も山田さんにバレている可能性があるからと、僕はまたちがう家に預けられました。

そんなことがあったので、いつもどこかで待ち伏せされているのではないかという警戒心がありました。街を歩いていても、後ろに大人の男性がいる気配を感じたり、角を曲がってきた車の車種が山田さんのと同じだったりすると、それだけですごくおびえていました。

僕だけでなく、虐待を受けている子どもは、そんなふうに真っ昼間であっても不安を感じながら生きている子が多いんじゃないでしょうか。だから、一時保護所に隔離され、守られているということは、大事なことだと僕は思います。

また、僕は学校の先生が僕の異変に気づいたため保護されましたが、この話を講演などですると、「虐待を受けていたとき、どうであればSOSを出せたか」と聞かれることがよくあります。僕は、こんなふうに答えています。

「外国人の母と自分が、助かるとわかること。もし自分だけしか助からないなら、絶対にSOSを出さなかった」

と。

母は日本語もカタコトでしかしゃべれず、お金も十分になかった。そんな母の仕事が保障され、また義父の脅威から、母も僕も完全に離れられると保障されるなら、もしかしたら誰かにSOSを出せたかもしれません。

一時保護所での日々

「いちほの会」という任意団体があります。「一時保護所を子どもにとってより安心できる場所にしたい」という思いをもった、一時保護所出身者や職員たちを含むさまざまな人が集まって2019年5月に発足した団体です。

僕がその集まりに参加したとき、同じように一時保護所に入った経験のある人たちもいました。その人たちと話したら、みんな、一時保護所に連れてこられたときのことを鮮明に覚えているので驚きました。

たとえば2歳で里子になった女の子は、一時保護所に入るときに本当のお母さんが「すぐ迎えに来るから待っててね」と言ったのを覚えているそうです。たった2歳のときの記憶がそんなに鮮明に残っているのは、きっとあまりにも不安が大きすぎて、その光景が脳裏に焼きついてしまったんでしょう。

一方、僕が一時保護所のことでなんとなく覚えているのは、漢字や計算のドリルをしたことや、隣に公園かグラウンドがあって、そこで運動をしたこと。あと、ひとつだけ印象に残っているのは、音楽の時間のことです。

もう何度も書いていますが、僕は母のことが大好きでした。だから、いっしょに暮らしていた頃、母のために何か特別なことをしたくなりました。

あるとき、母が、

「『エリーゼのために』という曲が好きなのよ」

と言ったので、誕生日に弾いて聴かせてあげようと思いつきました。そこでさっそく、ピアノの練習を始めました。ピアノといっても、家にあったのは小さなキーボードでしたが。

そのとき僕は楽譜が読めなかったので、同じく家にあったＣＤで『エリーゼのために』

を聴きながら、指でキーボードの鍵盤をあちこち押して音を探し、覚えていきました。

学校でそのことを先生に話すと、指の運び方などを教えてくれて、少しずつ、それらしい形になっていきました。

ピアノは、のちに僕に自信を与えてくれる大きな存在となります。ただ、残念ながら、母に聴かせる機会はありませんでした。僕が弾けるようになる前に、虐待が発覚し、母と離れてしまったからです。

そんなことがあったので、一時保護所の先生にピアノを練習していると話したら、『エリーゼのために』のほかに、ショパンの曲も教えてくれました。いつか母に聴かせたいという思いは変わらずもちつづけていたので、とてもうれしかった。

そういうわけで、僕個人には、一時保護所に嫌な思い出はありません。そもそもほとんど覚えていないので当たり前かもしれませんが。

〔コラム〕一時保護所について

一時保護所は、保護された子どもが真っ先に行くことになる、命を守るための施設。2020年7月の時点で全国に144ヵ所あり、年間、のべ2万人の子どもが、ネグレクトを含む虐待などを理由に預けられています。

一時保護の期間は原則2ヵ月で、その間に、児童相談所のケースワーカーさんが子どもの心身の状態や家庭環境などを調べて、家に帰せるかどうかを見極めます。家庭に帰せないと判断した場合には、児童養護施設に入所させたり、里親に委託したりします（↓58ページ図）。

一時保護所が、児童の安全を守るという役割を果たしているのは、前に書いたとおりです。

とはいえ、改善すべき点があるのも事実です。

たとえば、僕はあとから知ったのですが、一時保護所での勉強のプログラムは、ひとつしかありません。つまりどういうことかというと、小学生から高校生までがひとつの教室に集まっていっしょに勉強するのですが、高校生も小学生レベルのドリルを

保護された子はどうなるの？

児童

満18歳に満たない者

要保護児童

保護者のない児童または保護者に監護させることが不適当であると認められる児童

例：被虐待児、孤児、保護者が長期拘禁中児童、非行児童

児童相談所

相談・通告を受け、各種措置の必要性を判断

一時保護所

緊急性に応じて一時保護を行う。一時保護の期間は原則として2ヵ月まで。

ケースワーカーが児童の心身の状態や家庭環境などを調べ、家庭に帰せるかどうかを見極める

在宅・通所指導

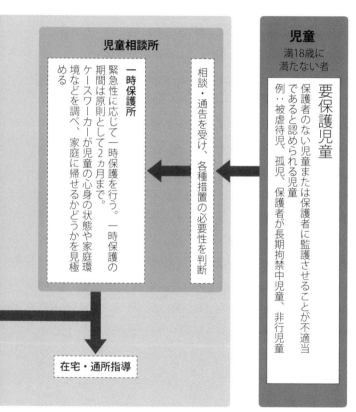

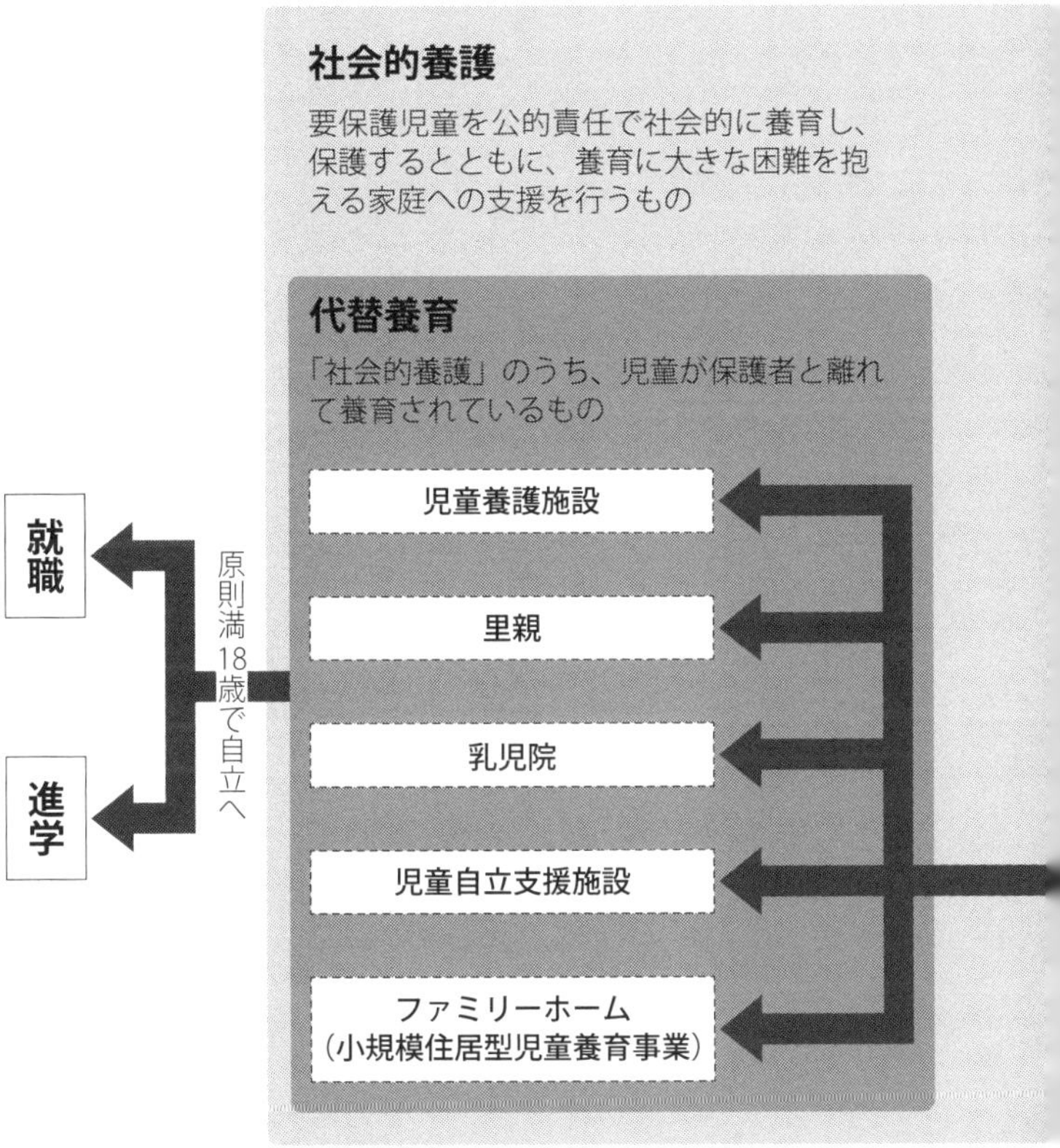
社会的養護
要保護児童を公的責任で社会的に養育し、保護するとともに、養育に大きな困難を抱える家庭への支援を行うもの
代替養育
「社会的養護」のうち、児童が保護者と離れて養育されているもの
児童養護施設
里親
乳児院
児童自立支援施設
ファミリーホーム
(小規模住居型児童養育事業)
原則満18歳で自立へ
就職
進学

総務省の資料より作成

やることになるのです。僕は当時小学生だったから、違和感がなかっただけのようでした。

また、一時保護所にいる間は学校を休むことになるので、必要な出席日数や単位がたりなくなって、留年してしまう子もいるといいます。勉強のプログラムをもう少し増やしたり、学校と出席日数や単位を連動させたりできたらいいのに、と思います。

ほかにも、親の虐待によって一時保護所に預けられたことがあるという女の子から聞いた話ですが、その子の預けられた一時保護所は、すごくすさんだ状態だったそうです。

たとえば、お風呂に全然入らせてもらえなかったり、洋服も着替えが十分になかったりしたといいます。

一時保護所は児童養護施設に比べてトップの圧力が強く、所長さんの色が濃く出るため、同じ当事者でも経験した内容は千差万別です。所長を務めるのは公務員で、3年任期くらいで交代します。そのため改革を進める余裕がなく、時代錯誤なしくみのままだったり、若い職員の声が聞き入れられなかったりしているようです。

また、一時保護所どうしで情報交換がされていないことが多く、お互いの試みをあまり知らないということも、一時保護所のなかで環境に大きなちがいが生まれる一因のようです。

それと、一時保護所には、虐待を受けた子だけではなく、非行を起こしてしまった子どもも入所し、みんながいっしょに生活します。でも、それぞれの子の心のケアが追いついていないのが現状です。

こうした点も含めて、一時保護所はこれからいろいろ改善する余地があります。


ただ、たくさん問題点を挙げてしまいましたが、一時保護所も、一時保護所を管轄している児童相談所も、いまはいっぱいいっぱいなのが現状です。

最近、虐待事件が起きる度に児童相談所が槍玉にあがりますが、裏にはそういう事情があるんです。

現在、日本には社会的養護下の子どもたちが約4万5000人いますが、児童虐待の増加によって社会的養護の必要な子どもたちはどんどん増える一方です。

ところが、児童養護施設はすでにいっぱいで、毎年、約1800人が巣立っていく分しか、あらたに子どもを受け入れることができない状態だし、里親の育成も追いついていません。その結果、一時保護した子どもたちをなるべく家に帰す、というのが児童相談所の役目のようになっているところがあります。

そのため、本当は保護が必要な子どもたちが家に戻されることもしばしばです。その見極めは非常に難しくて、判断を誤ると虐待死につながってしまう。

いまの児童相談所は、やりたいことがあってもやれないような、苦しい状態にあります。

第2章　施設での暮らし

児童養護施設へ

　母や山田さんと児童相談所との間でどのような話し合いが行われたのか、僕はまったく知りません。ただ、家には帰せないと判断されたようで、僕は児童養護施設に行くことになりました。

　でも、都心部の児童養護施設はどこも慢性的に混んでいて順番待ちのような状況でした。そこで3ヵ月ほど一時保護所で過ごしたあと、空きが出たということで、杉並《すぎなみ》区の児童養護施設に入ることになりました。

　虐待が原因で施設に入る場合、家と同じ地域にある施設では加害者に見つかってしまう可能性があるため、離れたところに入所するのが通例です。そういうわけで、僕は山田さんの家のあった江東区から杉並区へと移されました。

　学校は、施設から近い公立校に通うことになり、杉並第九小学校に転校しました。学校関係者も近所の人たちも、施設の子どもたちの存在には慣れていて、特別視されるようなことはありませんでした。クラスメイトたちも「ああ、あの施設ね」という感じでふつうに受け入れてくれて、放課後もよくいっしょに遊びました。

「まだ小学生で小さかったのに、親もとから離れて養護施設で暮らすのは、孤独で寂しかったでしょう」

と聞かれることがよくあります。

でも、僕の場合はですが、小さい頃からしょっちゅう人に預けられ、母と離れて暮らしていて、ひとりでいることも当たり前になっていました。そんなこともあって、当時から「自分でなんとかするしかない」「ひとりでがんばって生きていく」というスタンスでした。だから養護施設に入所しても、改めて寂しいとか、孤独を感じることはありませんでした。

ただ、入所した当初はほとんど眠れませんでした。

夜間には職員さんが、誰かが抜け出したりしていないか、部屋に異変はないかなどを確認するために巡回をします。その足音がちょっと近づいてくるだけで、パッと目が覚めてしまうんです。

それまでずっと、山田さんが部屋にやってくるんじゃないかと、毎晩まるで草食動物みたいに耳をそばだてて横になっていたからでした。ささいな物音にも敏感になっていて、環境が変わってもなかなか熟睡することができなかったんです。

「もう山田さんはやってこないんだ」

「夜、襲われることはないんだ」

心も体もそう納得してぐっすり眠れるようになるのには、2年ぐらいかかりました。中学に入学した頃からだったと思います。

施設は生活規則にはうるさく、起床時間も6時45分と決まっているのですが、まるでお母さんが息子を叩き起こしにくるホームドラマのシーンのように、職員さんに起こされないと朝起きられなくなったんです。

僕にとっての児童養護施設は、そのぐらい安全で安心できる居場所になっていたということだと思います。

虐待のない、ふつうの生活

僕が入った杉並の養護施設は50～70人ぐらいの子どもがいる大舎《だいしゃ》制といわれる施設で、ひと部屋10～15人ずつのグループ（ユニット）に分かれ、ユニットリーダーと呼ばれる先生といっしょに食事をするなど、生活をともにしていました。また、同じ地域に一軒家がふたつほどあり、6人ぐらいの子どもと先生がいっしょに生活を送る「グループホーム」という、より家庭的なスタイルの施設もありました。

ひとつのユニットには2歳から18歳まで、各年代の子どもがうまく振りわけられていて、他人が集まっているというよりは、きょうだいの多い生活というイメージです。たとえば、年上の子たちが下の子たちの面倒を見るけれど、テレビのチャンネル決定権は上の子にあるとか、本当のきょうだいさながらの状況です。

ただ、大舎もグループホームも含めて、すべてのユニットのメンバーは毎年４月になると入れかわるので、ずっと同じきょうだいのままというわけではありません。でも、そうやって入れかわるのもクラス替えのようで、ひとつの楽しみでした。


僕が施設に入ったのは２００３年ですが、それより前までは、その施設でもしつけのための体罰が当たり前にあって、先生が子どもに手をあげるのはよくあることだったと聞きます。また、そういう先生たちが少しでもやりやすいよう、いちばん年上の子に下の子どもたちを仕切らせて、先生は上の子に命令をするだけで統率がとれるようにしていたそうです。

でも、学校での体罰が社会的に問題視されるようになってきたことで、施設でも子どもたちへの体罰は禁止されるようになりました。

そういうわけで、僕が入所したときには、年上の子たちが下の子たちをまとめるという指揮系統のようなものは残っていましたが、それはきょうだい間での年齢による力関係のようなもので、体罰はまったくなくなっていました。だから、僕は施設に入って、やっと虐待のない、「ふつう」の生活を送ることができるようになったんです。

施設の一日

施設での生活は規則正しくがモットー。

たとえば、帰宅時間は年齢に応じて4時〜6時の間、夕食は6時頃からみんなでいっしょに、ちびっこたちは8時に就寝し、小学生と中学生は7時から9時まで勉強、就寝時間は年齢に応じて9時〜11時の間と細かく決まっていました。

僕は、施設に入るまでは学校に行ったり行かなかったりの生活をしていたので、もともと成績はよくありませんでした。ちょうど施設に入った小学5年生ぐらいから勉強の内容が難しくなって、算数の計算以外は全然ついていけなくなってしまいました。その時点で勉強はあきらめて、勉強の時間にはよくゲームをやっていました。

ちなみに、ユニットごとにゲーム機やパソコンがあって、基本的には自由に使えるのですが、やはり年上ほど優先権がありました。でも、僕はずっと人の顔色を読んで生きてきたので、施設でもうまくコミュニケーションをとれていて、割といいポジションを確保していました。なのであまり上の子たちを気にせずパソコンもゲーム機も自由に使うことができました。

施設では公文《くもん》式の教材を取り寄せて子どもたちにやらせていたのですが、僕はパズルを解くような感覚で計算問題をやっていました。計算を解くスピードは、当時、公文をやっている小学5年生のなかでは全国的にも速かったらしいんです。高校1年で習う計算式もスラスラ解いていました。

ただ、同じ算数でも文章題になるともう全然ダメ。学習障害なんじゃないかと思うぐらい、文字を見ても全然頭に入ってこない。小さい頃、本を読むような環境になかったから、読解力がまったく身についていなかったんだと思います。だから、国語や社会など算数以外の教科もからっきしでした。

施設では、小学校高学年以上になると、一人ひとりに学習ボランティアの人がついて勉強を教えてくれます。いわば家庭教師ですね。

中学のとき、60代のすごく頭のいい理系のおじいちゃんが僕の担当になりました。もしかすると、計算はできるのに文章題の解けない僕の数学能力を伸ばすためもあったのかもしれません。でも、僕はこの人のことがすごく苦手でした。僕があまりにできないからイライラするみたいで、それが露骨に伝わってくるんです。

中学校の入学式（左から4人目が著者）

おそらく、その人は学習ボランティアとして、虐待が行われていた時代の施設を見たこともあったのでしょう。あるとき、僕のできなさ加減に業を煮やして、頭をパンッと叩いたんです。僕は一瞬で、山田さんに虐待されていたときのことを思い出しました。そして、これからひどく怒られる前兆のように感じ、なんだかムカついてしまって、とっさにスリッパを投げかえしてしまいました。

ちなみに、僕が通っていた公立の中学校は、学力のレベルが高かったんです。杉並に都立西高校という東大合格者数の上位を維持している進学校があるんですが、そこに毎年2、3人は合格していました。クラスメイトがみんな勉強できるので、余計、僕は落ちこぼれる。それもあって、その人は一生懸命だったのかもしれません。

ともかく、そういう険悪な関係だったので、その人が来る30分ぐらい前になると憂鬱《ゆううつ》で、なんとなく具合が悪くなってくるんです。それで体温計をわざとこすって39度手前になるくらいに温度を調整し、「熱があるから」と嘘をついて、わざわざ来てくれたのに帰ってもらうということをよくやっていました。

その人も、そういう僕の気持ちを途中から少しは察してくれるようになったようで、勉強の合間に将棋を教えてくれるようになりました。

僕も将棋は好きだったのですが、その人は初段で、当時の僕にとってはものすごく手ごわい相手。でも、勉強では叱られてばかりいるので「将棋では絶対に勝ちたい」という気持ちと、将棋をしている間は勉強をしなくてすむという気持ちとで、いつも時間をかけてじっくりと考えて勝負を挑んでいました。たしか、２回ぐらい勝つことができたと思います。それに、そうして勝つための思考法が身についていったことで、ほかのゲームもさらに強くなりました。

その頃は、その人に会うのが本当に苦痛でしたが、いま思いかえしてみると、なんだかすごくなつかしいですね。

褒め言葉が気づかせてくれた「自分の存在」

僕に自信を与えてくれたのは、学校でもトップクラスだった計算力と、もうひとつ、ピアノです。

4歳から11歳まで、山田さんから「お前は本当はここにいちゃいけないんだ」というプレッシャーを受けつづけていたことで、自分でも「僕は存在しちゃいけない人間なんだ」とずっと思っていました。でも、施設の共有スペースにおいてあるピアノを弾いていたら、「すごいね！」「うまいね！」と褒めてくれる人がどんどん増えてきて。

「ああ、認められた」

「僕は存在していいいんだ」

生まれてはじめてそう感じて、自分で「自分が存在している」ということを確認できたんです。

精神的にも肉体的にも僕を抑圧していた山田さんから逃れられ、しかも人からたくさん褒めてもらえることで、僕のなかに自己承認欲求が芽生えはじめました。

ピアノにはふしぎな縁を感じています。中学のときに、僕が赤ちゃんの頃の写真を叔母から渡されて見たのですが、実父の石橋さんが僕のことを膝に乗せて、おもちゃのピアノを教えているんです。それをはじめて見たとき、すごく感動しました。

叔母が言うには、石橋さんはとくに音楽が好きだったというわけではなかった。それなのに、僕にピアノを弾いてみせていた。そして、その記憶は僕にはまったくないのに、僕は別のルートからピアノを好きになっていった。

そのことに、何かすごく運命的なものを感じたんです。

僕は、ピアノをとおして音楽そのものが大好きになり、やがてベースやギターも練習するようになりました。

中学・高校では軽音部に入り、「将来は音楽で身を立てられたら」と考えるようになりました。が、進路の話はまたのちほど。

「孤独」は当たり前のこと

施設では、とくに病気をすることもなく、すくすくと育ちました。11歳で入所したときはガリガリに痩せていて「ひょいと持ちあげられるぐらいの体重しかなかった」と言われる状態だったのが、中学で１６０センチ、高校で１７０センチ、最終的に１７３センチと順調に成長しました。施設でしっかり食べて、ぐっすり眠れるようになったおかげかもしれません。

僕は小さい子が大好きなので、下の子たちの面倒を見るのが楽しかったし、ちびっこたちからもすごく慕われていました。

そういうようすを先生方も見ていたからでしょう。僕が高校生になると、僕の部屋は「僕＋ちびっこ」という部屋になっていました。ふつうは、各年代の子が均等に振りわけられるはずなのに、なんだか意図的なものを感じましたね。

部屋ごとのリーダーのようなポジションがあるわけではありませんが、僕は完全に部屋のまとめ役でした。でも、そうやってちびっこたちがいつもワイワイしていたから、寂しいと感じる暇はありませんでした。

もちろん、施設で暮らすことに、モヤモヤしたものをまったく感じなかったというわけではありません。

正直、どうでもいいような細かいルールがいっぱいあるのには閉口しましたし、先生方とのかかわり方にも難しさを感じることがよくありました。


先生は親がわりとはいえ、やはり業務ですから、一日中ずっといっしょというわけではありません。交代制で数時間ごとに入れかわります。ひとつのユニットを先生が３人で担当していたのですが、子どもたちのことを本当に考えて親身に寄りそってくれる先生もいる一方で、仕事と割りきってクールに接してくる「大人な先生」もいます。そのことを、子どもたちは敏感に感じとっていました。

「本当の親じゃないんだから、求めすぎてはいけない」

ということは、僕たち子どもはみんなわかっています。でも心のどこかで、

「きちんと向き合ってほしい」「これだけはわかってほしい」

と期待をしているんです。

たとえば、悩みがあって相談をしているのに、６時になると話の途中でも切りあげてさっさと帰ってしまうような先生には、「やっぱり自分のことはそんなに見てくれてないんだ」と期待した分だけがっかりしてしまいます。

普段から、「大人」ではなく「ひとりの人」として熱い気持ちで向き合ってくれる先生なら、多少きついことを言われてケンカになっても、まったく気にならない。むしろ、「自分のことでそこまで熱くなってくれるんだ」とうれしかったりします。

でも、大人の理屈を振りかざすだけで、行動が伴っていない先生がどんなに口で立派なことを言っても、全然心に響いてこない。それどころか、「だって、あなただってやってないじゃん」と思い、つい反発したくなってくる。

とくに僕は、小さい子たちのことを口だけの先生がひどく叱っているのを聞くと、

「その言葉は言いすぎなんじゃない？」

と思って、先生を責めたくなってしまうんです。それで、「親じゃないのに何がわかる」と言ってしまったことがありました。そうすると、相手は黙ってしまう。これが、もっと熱血タイプの先生なら、少しは納得いくように話してくれるんじゃないかと、余計残念な気持ちになってしまって。

僕の心のなかには、「基本的に大人は信頼しない」という自分がいて、そういう信頼関係をうまく結べない先生のことは、親なのか先生なのか職員なのか、それとも単なる大人なのか、いったいどのようにとらえて接するべきなのか、距離感のとり方が本当に難しくて、モヤモヤすることがありました。

でも、そういう環境にいることに対しては、あきらめて受け入れるのが当たり前になっており、ひがむことはありませんでした。

そんなふうに、先生方との距離感やちょっとしたルールにモヤモヤはあったけれど、施設でのつらい思い出というのはまったくありません。

母もときどき会いに来てくれていたし、何より虐待の恐怖がなく、きょうだいのような子たちに囲まれて平和に過ごす施設での生活に、けっこう、満足していたと思います。

［コラム］児童養護施設について

児童養護施設は、児童福祉法に定められた公的な措置施設ですが、公的機関が運営しているのは全体の10％ほどで、ほとんどは宗教系の団体や篤志家《とくしか》によって設立された社会福祉法人が、行政から委託される形で運営しています。運営資金は国からの「措置費」と地方自治体からの「補助金」で成り立っています。

僕のいた施設も、もともとは病院だったところに地主さんが孤児院をつくり、自分たちで切り盛りしていたのを、やがて国から委託される形で養護施設として運営するようになったそうです。

現在、児童養護施設は日本全国に612あります（2020年3月末、福祉行政報告例より）。当初は、大きな建物の中で20人以上の子どもが全員いっしょに生活する「大舎制」がほとんどでしたが、次第に、大きな建物の中を区切りながら小さな生活集団の場をつくり、それぞれに必要な設備を設けて生活する定員15人前後の「中舎制」、ひとつの施設の敷地内に独立した家屋がいくつかある定員12人までの「小舎制」、マンションや団地のような「ユニット制」など、より小規模な形態の施設が増えてきました。最近では、さらに家庭に近い環境で子どもたちを養護することを目指し、6人ぐらいの少人数の子どもと職員とが地域の民間住宅で生活をする「グループホーム」などの小規模施設が急増しています。その施設を管理する施設長さんの方針もあるので一概にはいえませんが、形態の大小にかかわらず、どこもそれなりにきっちりやっていると思います。

こうした全国の児童養護施設で、約2万5000人の子どもたちが生活しています。

いまの児童養護施設には、昔のように親のいない子ども、いわゆる「孤児」は1割もいません。9割は、親はいるけれど病気だったり子育てを放棄されたりして、生まれた家庭で適切な養育を受けるのが困難と判断された、2歳から18歳までの子どもたちです。厚労省の調査によると、そのうち半数以上（65・6％）が、僕のような虐待を受けていた子どもです。

そうした時代の流れとともに、施設の役割も変化しています。善意の寄付などでまかなわれていた戦後までは、衣食住の提供が中心だったようですが、いまは制度化されて国に守られているので、一定水準の生活が保障されます。

たとえば、中学3年生までの義務教育は当然受けられますし、中学卒業後は高校や専門学校などに進学するか、それとも就職するかを選ぶことができます。ただし、進学しない場合は退所しないといけないので、進学をすすめるところが多いようです。2016年の調査では、約9割以上が高校や専門学校などへ進学し、就職したのはたったの1%強でした。高校や専門学校に通う場合には、施設が学費や交通費なども負担してくれます。

また、高校を卒業したら原則退所となりますが、「措置延長」といって、18歳で自立能力がないと判断された場合には、20歳まで最大2年間の延長を認められます。

勉強のほかにも、おこづかいをもらえるので休日や趣味を各自楽しんだりすることもできます。クリスマス会やお誕生会といったイベントも、いろいろとやってくれます。

施設には「児童指導員」とか「保育士」と呼ばれる専門職の人たちがいて、食事や入浴など日常生活の世話や、学校行事への参加など、いわゆる「親がわり」をしています。また、進学や就職の相談など子どもの養育や自立支援などもしています。さらに、心理療法を担当する専門の職員もいて、入所するまでのつらい経験から自分の殻に閉じこもってしまう子どもや、暴力でしか自己表現できない子どもたちなどのメンタルケアも行っています。このほかにも事務職員、調理員、栄養士、家庭に戻ることになった子どもを支援する専門職員などが協力して、子どもたちの生活を支えています。

第3章　母の死

穏やかな日常の終わり

２００６年11月29日、僕が14歳で中学2年生のときに、最愛の母が乳がんで亡くなりました。まだ37歳という若さでした。

じつは、その前から予兆は感じていたんです。

母は亡くなる約１年前のクリスマス・イブ、12月24日に、施設に面会に来てくれました。そのとき、

「病気になったので、手術をするためにフィリピンに帰国することになったけど、回復したらまた戻ってくるから」

という話をしてくれたんです。

そして、面会が終わって駅まで送っていき、改札でお互いに別れを告げ、ホームに向かう階段を母がのぼっていたときです。突然、母のまわりが白くなり、動きがスローモーションのようになりました。

「遠くに行っちゃう」

その瞬間、そういう強い感覚が湧きおこりました。

僕は、その前にも同じような感覚を３度経験したことがありました。とくに覚えているのは、僕がまだ小さかった頃、母のお姉さんと電話で話をしたときのことです。声は聞こえているのに、なんだかもうこの世にいない人みたいなふしぎな感じで、「これが最後の電話になるんじゃないかな」という感覚があったんです。そうしたら、数ヵ月後に本当に亡くなってしまった。

そのときと同じような感覚が起こったので、「いや、そんなこと思っちゃダメだ」と自分に言い聞かせ、母が階段をのぼりきって見えなくなるまで、必死に笑顔で見送りました。でも、そのあと涙が止まらず、駅から施設までの１キロくらいの道のりを、泣きながら猛ダッシュで帰りました。

「お母さんがいなくなったら、天涯孤独になってしまう」

そのとき、はじめてそういう気持ちになりました。

ローマ字のメール

フィリピンに帰った母とは、メールでやりとりをしていました。僕は携帯電話を持っていなかったので、施設のパソコンで連絡をとっていました。

母はあまり日本語が得意ではないので、送られてくるのは「元気?」とか「ご飯食べてる?」とか本当に簡単なメッセージでした。でもそれを見ると「ああ、大丈夫なんだな」とホッとできました。

でも、ある日を境に、メッセージがローマ字で届くようになったんです。

「なぜローマ字になったんだろう」

そして思ったのは、「自分で文字が打てないほど体が弱ってしまい、かわりに看護師さんに打ってもらってるんじゃないか」ということでした。

また、夏休みに外泊許可をもらって叔母の家に泊まりに行ったとき、母に電話をかけさせてもらったのですが、声が震えていて、全然力がないんです。それでもやっぱり言ってくれたのが、

"I love you. I miss you. I need you."

の言葉でした。

叔母の携帯に母から送られてきた写真も見せてもらったのですが、抗がん剤の副作用で髪の毛が全部抜け落ちていて、すごくやつれた表情で……。

「うまくいってないいんじゃないかな」

そんな確信に近い予感がしました。いま考えると、がんが見つかった時点で、すでにス

テージ４ぐらいまで進行していて、手遅れに近い状態だったんじゃないかと思います。

やがて秋になると、ローマ字のメールもパタリと来なくなりました。

そうして11月29日に、叔母から母の死を告げられたのです。

溢れ出した「負」の感情

お母さんが亡くなった。

叔母と直接会ってそう告げられ、施設に戻ってから、それまでずっと我慢していたものが一気に吹き出してきました。


「山田さんに殴られても、痛いと感じる気持ちをマヒさせて痛いと思わないようにしよう」

「つらいことをつらいと感じないようにしよう」

「自分とまわりの子たちがちがうのはよくわかっているんだから、比べないようにしよう」

いままで本当は、心の奥底でそう思っていたけど、ずっとずっと我慢してきた。そういう気持ちを全部隠して、平気なフリをして生きてきた。

でも、自分にとって唯一の心の支えであり、軸であった母が亡くなったことで、はじめて、必死で抑えつけてきた感情が爆発したんです。

「なんで、自分だけこんな人生を歩まなきゃいけないんだ」

そして、その思いと同時に、

「お母さんが亡くなったのは自分のせいじゃないか」

「自分が生まれてこなかったら、お母さんはこんな不幸な目にあわなくてすんだのに」

「お母さんのあとを追いたい」

もう自分でもよくわからない感情が、どんどん溢れ出してきました。

そのときの僕は、自分でも気持ちの収拾がつかなくて、壊れてしまいそうなくらいでした。

でも、母が亡くなった次の日、僕はいつもどおり学校に行って、ふつうに過ごしました。

僕はそれまでずっと、同年代の子たちとはうまく調和するようにと心がけてきましたが、そんななかでも本当は、ずっと居心地のよくない思いをしていたことがありました。

それは、「お母さん死ね」とか「うぜえよな、マジで」とか、その年代の子どもたちにありがちな言葉を聞くことです。そういった親に対する反発の言葉が、僕にはすごく刺さって、気になってしまうんです。でも、その違和感や不快感を出さないよう、学校でも施設でも「みんなと同じだよ」という「表の顔」をしていました。

だからその日、母が亡くなって、めちゃめちゃな気持ちでいることを、誰にも打ち明けませんでした。話しても理解されないことがわかっているし、「かわいそう」という目で見られるのも嫌だった。同情されると、余計に自分の人生が悲しいものになってしまう気がするからです。だから、なおさら平気なフリをして、いつもどおりふつうに過ごしたんです。この時期は、毎日がそんな感じでした。

でも、施設に戻って自分の部屋に入り、就寝時間になると、まわりの子たちに気づかれないよう声を押し殺して、枕がびしょ濡れになるぐらい号泣しました。

「僕の軸だったお母さんがいなくなって、これから何のために生きていけばいいんだろう」

「ピアノだって、結局、聴かせてあげられなかった」

「こんな状況でこれからも生きつづけていくなんて、地獄だ」

そうして悶々としているうちに、やがて、

「そもそも本当のお父さんが僕を認知してくれていたら、こんなことにならなかったのに」

「お母さんががんになったのはタバコもあるかもしれないけど、山田さんとの生活がスト

レスだったからだ

「そうだ、石橋と山田に復讐してやろう」

と、実父の石橋さんや義父の山田さんに対する怒りや恨みの気持ちが、はじめて湧いてきたんです。

人に対してそういった気持ちをもつのは、まるで自分が、なりたくなかった山田さんのような人間になってしまう気がして、すごくしんどかったです。

「ハゲワシと少女」との出会い

僕のそんなマイナスの感情を変えたのは、ある1枚の写真でした。

内戦の続くスーダン南部の村で、飢餓によってやせ衰えうずくまる餓死寸前の少女と、背後からそのときを虎視眈々と狙うハゲワシの姿とを捉えた、「ハゲワシと少女」。報道写真家ケビン・カーター氏による、１９９４年にピューリッツァー賞を受賞した作品です。

夜、施設の共有スペースにあるテレビでビートたけしさんの「奇跡体験！ アンビリバボー」という番組を見ていたら、この写真のことが紹介されたんです。

この写真と出会うまでの僕は、学校や地域や児童養護施設など、自分のまわりの大人や友だちとのかかわりのなかだけで生きていました。そういう狭い世界のなかで自分と他人とを比較して、

「自分はすごく恵まれない状況なのに、ほかの子たちはみんな幸せそうに生きている」

「みんな当たり前に家族がいて、運動会のときは家族そろってお弁当を食べられたりするのに、自分だけ全然ちがう」

そう思っていたんです。

でも、その写真を見て、地球上には紛争や難民、人身売買など自分の知らない広い世界があるのに、自分はどれほど限定された狭い世界で生きてきたのか、ということに気づかされました。そして、もっとグローバルな視点から自分のことを見られるようになったんです。

地球の反対側にいる自分は、施設にいてご飯を食べられるし、安心して眠れる場所もあるし、勉強もできる。でも、この少女は食べるものがなく命の危機に瀕していて、ハゲワシに食べられるのを待っている。自分は当たり前に生きられているのに、この子はもう生きられない。

そんなふうに、自分よりしんどい思いをしている子が地球にはたくさんいるんだと思う

と、

「自分の境遇はそんなに不幸ではなかった」

「自分はまだ恵まれた環境にあるんだ」

とそのときの状況を客観視できました。すると、

「石橋さんや山田さんからいろいろな目にあわされてきたけど、そのことにもきっと意味があったはず」

「たとえば、暴力を受けることは、痛みがわかるような人間になるためなのかもしれない」

「山田さんの虐待からお母さんがいつも守ってくれたから、優しさや愛しさという気持ちを知ることができた」

そう納得できたんです。

「いろいろあっても、いま生きていることが幸せなんだな」

14歳までに経験したことが、この日を境に集約され、すべてに意味をもたらしてくれた——そんな感覚になりました。

「ハゲワシと少女」という1枚の写真によって、僕は自分の人生に意味を見出すことができました。だから、

「この写真が僕に生きる意味を与えてくれたように、僕も誰かの生きるきっかけになるようなことをできる人になろう」

そう心に誓いました。

両親からの愛情の記憶

「ハゲワシと少女」の写真に出会ったのと同じぐらいのタイミングで、叔母から母の遺品として昔の写真を受け取りました。たぶん、山田さんが家にあった母の持ちものを、叔母経由で僕に送ってきたのだと思います。

そのなかには、赤ちゃんだった僕と母、そして、実父の石橋さんが写ったものが何枚かありました。

写真の中の石橋さんは、僕のことを抱っこしたりほっぺにキスしたりしていて、とてもかわいがってくれていたことが伝わってきます。僕を乳母車に乗せて母と３人でディズニーランドで撮った写真もあります。先にもお話をした、石橋さんが僕を膝に乗せておもちゃのピアノを弾いている写真もそのなかの１枚。

写真だけで、僕は愛されていたんだなっていうのがよくわかる。本当にそういう写真

ディズニーランドにて、父・母と３人で

父に抱っこされている１枚

父が手を取って、おもちゃのピアノを弾いている

ばっかりなんです。

婚外子だったり認知してもらえなかったりと、境遇は恵まれていなかったかもしれないけれど、その頃の僕は母からも父からも愛情をもらって育っていたんだと思います。

母が亡くなった動揺で、いったんは実父である石橋さんのことも恨む気持ちになったけれど、写真を見て愛情を感じとることができ、十分満たされた気持ちになりました。

それからは、自分のなかで石橋さんのことは「パパ」と呼んで、義父とは区別しています。

両親からの愛に満ちた赤ちゃんの頃の写真を見て、

「自分の生まれてきた意味を考えるのはやめて、これから生きていく意味を探そう」

そう思いました。そして、

「お母さんに誇れる人生を送ったあとに、天国で再会したお母さんに、こんな人生だったよと伝えたい」

そう思うようになりました。

14歳の決意

気持ちが前を向きはじめたことで、自分なりの過去の向き合い方として、こう決意をしました。

「いつか、お母さん、本当のお父さん、そしてお義父《とう》さんの3人に会いに行こう。それで僕の過去の清算を終わらせよう」

母に会いに行くというのは、フィリピンのお墓にお参りに行くということです。母はフィリピンで亡くなったので、向こうでお葬式をして、実家のお墓に葬られました。母は、山田家ではなく実家のお墓に入れて、ホッとしていると思います。

母は、はじめのうちは山田さんのことを本当に好きで結婚したのかもしれません。でも、僕への虐待に気づいてから、少しずつ気持ちが離れていったんだと思います。でも、経済的に頼らざるを得なかったから別れることはできなかった。だから、乳がんだとわかって、手術を受けることになったときに、医療設備の整っている日本ではなく、本当の家族のいるフィリピンに戻って受けることにしたんじゃないかと思っています。

じつは、フィリピンに帰るときに、母は僕の弟もいっしょに連れていっているんです。

弟、つまり母と山田さんとの間に生まれた子どもです。これは想像でしかないけれど、弟のことも山田さんから離しておきたかったんだと思います。

母はフィリピンに戻っている間に、山田さんのクレジットカードをいっぱい使っていて、それに気づいた山田さんがカンカンに怒ったんだそうです。あとになって叔母からその話を聞いたのですが、僕は「よくやった！」と思いました。

母はそうやって僕のかわりに復讐してくれたのかもしれません。


この時点では、山田さんや実父の石橋さんがどうしているかは全然わかりませんでした。一切情報が入ってこなかったんです。でも、いつか過去の清算をすることを心に決め、それをこれから生きていく目標にしました。

その一方で、自分の軸であり、よりどころだった母を失って、「この先あるのは生き地獄だ」という思いを消せずにいたのも事実です。生きるより死ぬほうがラクで、その死ぬ理由、真っ当な理由がほしかった。でも、母が授けてくれたこの命を自分で絶《た》つことだけは、最低だと思いました。

だからいま考えると、そのときから死ぬまでの時間に何か意味をもたせたくて、そんな目標を立てたんだと思います。

［コラム］里親制度について

「社会的養護が必要」

そのように児童相談所によって判断された子どもの行く先は、大きくふたつに分かれます。

僕が入所した児童養護施設や乳児院などの施設か、里親や養子縁組をした家庭かです。内訳は約80％が施設で、里親は約22％程度です（令和元年度末現在）。これは、オーストラリアの里親92％、米国の82％などに比べて極端に低く、日本では里親がたりていません。養子縁組となるとさらに少なく、２０１５年の特別養子縁組の成立件数は７１１件で、日本全体の人口比からすると０・０００５％です。

里親というのは、子どもを育てられない親のかわりに、一時的または継続的に、子どもを預かって養育する人たちのことです。里親と子どもには法的な親子関係はなく、実の親が親権者です。児童相談所は、実の親の希望や保護を必要とする子どもの状況から、里親に登録されている人のなかから候補者を選んで子どもを紹介します。里親には、自治体から、里親手当や生活費、学校教材、子どもの医療費などお金が支給されます。

「里親としていきなり子どもの全部を背負って養育するのはハードルが高く腰が引けてしまう」

そのように考える人は多いようです。でも、里親にもいろいろ種類があるんです。たとえば、普段は乳児院や児童養護施設で生活をしている子どもを、週末や夏休みなど学校がお休みの期間に半日から数日間単位で預かるという制度があります。自治体によって「フレンドホーム制度」とか「週末家族」とか「ふるさと里親」などの名称がついています。たいてい子どもが滞在した泊数によって謝礼が支払われます。また、将来的な養子縁組を希望する場合には「養子縁組里親」という制度もあります。

養子縁組は、民法に基づいて養親《ようしん》と子どもが法的な親子関係を結ぶ制度で、養親が子どもの親権者となります。ですから、本当の子どもと同じように、養親が個人的な責任において養育をすることになり、国からの金銭的な支援はありません。

養子縁組には2種類あって、ふつう養子縁組は跡取りなど成人にも広く使われる制度ですが、保護を必要としている子どもが実子に近い安定した家庭を得るための特別養子縁組という制度もあります。

第4章　青春時代

はじめての「国籍」

「お母さんが亡くなっちゃったから、自分を証明するものが何もない!」

母が亡くなってしばらくして、そのことにはたと気づき、困惑しました。

おそらく、そのことを養護施設の先生方も心配されたのだと思います。僕の国籍が取れるよう奔走してくれました。

実父の石橋さんには認知されていないので、母の母国であるフィリピン国籍を取ることになりました。

僕のことは、国籍にも戸籍にも住民登録にも、どこにもリストアップされていません。その僕がまちがいなく存在して生活をしていたということを証明するには、小学校にちゃんと通っていたという証拠が必要で、施設の先生が当時の小学校の先生に連絡をして証明書を取ってくれました。また、小学5年生からは養護施設で暮らしているということも僕の存在証明のひとつになった、という話を聞きました。

そうした申請書類はすべて施設の先生方が用意をして、フィリピン大使館に提出してくれました。僕がやったのは、先生や児童相談所の人、弁護士さんたちといっしょに六本木にある大使館に何度か通い、その都度《つど》、質問されたことに答えることだけ。そのとき、弁護士の先生から「タガログ語はしゃべらないで」とアドバイスをされていました。フィリピン国籍を取って日本で暮らしていくためには、

「フィリピンに帰っても言葉がしゃべれないので生活していく能力はありません」

という証明が必要だからです。そうでなければ、フィリピンに強制送還されてしまいます。児童相談所の人たちや施設の先生たちはそこまで考えてくれていました。

そうして、施設の先生たちががんばってくれたおかげで、14～15歳のときに無事にフィリピン国籍を取ることができました。正直、僕自身はがんばった記憶がまったくなく、いつの間にか取れていたという感じ。そのくらいまわりの人たちが尽力してくれました。

国籍が取れたことで、ビザやパスポートも取ることができました。誰にアドバイスをされたのかは忘れましたが、それからはビザを常に持ち歩くようになりました。

ちなみに、多くの在留資格は、3カ月、1年、3年、5年で、その度にビザの更新手続きが必要です。ビザの更新申請は品川にある東京出入国在留管理局で行うのですが、はじめから長期ビザを取るのは難しく、その場で強制送還になって帰されている人を見たことがあります。問題を起こすことなくビザの更新を重ね、長くいればいるほど信頼がおかれ

て、長く取れるようになります。僕の叔母もずっとビザを更新しつづけています。

こうして、14歳のときに、いちばん大切な母を失って一度は絶望しましたが、「ハゲワシと少女」と昔の家族写真によって生きていくうえで大切なことに気づき、そして、国籍という自分の存在を証明するものを生まれてはじめて手にすることができました。14～15歳は、僕の人生でもいちばんの山場で、もっとも重要なターニングポイントとなりました。

高校入学、勉強の意味とは

施設では、義務教育の中学校までは面倒を見てくれます。その先は進学するか働くかでちがってきます。

高校に進学する場合は、授業料も交通費も昼食代もすべて施設が払ってくれます。でも、働く場合は、基本的に施設を出て自活することになります。

僕はまだ施設を出る準備ができていなかったし、先生たちのすすめもあって、高校に行くことにしました。それで、自分の実力より偏差値のちょっと高いところを目指して受験

しましたが、見事に落ちてしまいました。でも、施設に入ってからは小学校も中学校も楽しかったので、

「基本的に学校はどこに行っても楽しい『逃げ場』であり『居場所』。なら、勉強しないほうがラク」

と気を取り直して、都内の高校の偏差値ランキングでいちばん下の練馬工業高校に行くことにしました。

この学校は、「エンカレッジスクール」といって、東京都が新しい取り組みとして２００３年度からスタートした「小学校・中学校では能力を発揮できなかった生徒を応援し、社会生活を送るうえで必要な基礎学力を身につけさせることを目的として運営されている高校」。

勉強が苦手でやってこなかった子が、小・中学校の「学びなおし」をでき、また、生徒のよさにあわせて社会に出たときに必要なことを学ぶ・体験することを目標としている学校です。学力で評価するわけではないので、入学試験も定期試験もないんです。

だから、勉強はある程度ラクしながら、将来、役に立つことを学ぶことができるんだと期待していました。

でも、入学していざ授業が始まると、数学は「１＋１」から、英語はアルファベットの

高校のクラスメイトと（左端が著者）

「A」からのスタートと、本当に小学校や中学校で学んだことのやりなおし。いわゆる「読み書き計算」レベルなので、改めて勉強する必要がまったくないんです。

ところが、それでもまちがえてしまう子たちがいる。だから、それをくり返しくり返し丁寧にやるのですが、さすがに僕は、

「これを延々やって将来の役に立つのかな」

と疑問に思い、勉強をする意味がわからなくなってしまいました。

学校自体は、まわりの目を気にせず、仲間と楽しむことを大事にするヤンキーの子たちが集まる高校だったので、入学当初はユニークでおもしろい人がたくさんいたんです。そういう人たちの話を聞くと、みんなそれぞれ複雑な家庭事情を抱えていて、すごく共感できる。だから、いっしょにいるのが本当にうれしくて楽しかったんですね。

ところが、そういう人たちは、高校をドロップアウトするのもまた早いんです。3学期になるとおもしろい人はクラスにほとんど残っていませんでした。

また、部活でもいっしょに入部したおもしろいメンバーがどんどんいなくなってしまって。クラスにも部活にも、いっしょにいて楽しい仲間がほとんどいなくなってしまいました。

勉強はつまらないし、仲間もいなくなるしで、僕もだんだん学校をサボるようになりました。そうして気づいたら、あともう1回休んだら、出席日数がたりなくて留年になるところまできていたんです。出席日数で留年するくらいなら、退学しても同じことです。先日、改めてそのときの通信簿を見てみたら、遅刻が50数回、欠席の回数もとんでもなく多くて、本当に、「やばい状況」でした。

それで、追いこまれた僕は、すごく悩んで、考えました。

「このまま高校をやめたら施設を出ないといけなくなる」とか、「中卒でどのくらい働けるか」とか、「それで自分で食べていけるか」とか。

そうして、

「自分が置かれているのは、もう頼れる人がいないという環境で、これから大変になる。だから、やっぱり高校卒業まではがんばろう」

そう思い直したんです。それで、「とにかく学校に行くモチベーションを何か見出そう」といろいろ考えて、

「そうだ、ギターを始めよう。それで軽音部に力を入れよう」

と、あらたな目標をつくりました。

留年・退学の危機を救った音楽

「ギターをやりたい」

そう施設の人に話したら、ある職員さんがクラシックギターを貸してくれました。それで、あるときギターの練習をしていることを美容師さんに話したら、

「もう俺、ギター使わないからあげるよ」

と、けっこういいギターをくれたんです。

ギターを弾ける施設の先生に、レッド・ツェッペリンの『天国への階段』の有名なイントロのフレーズの弾き方から教わりました。また、自分でもパソコンでＹｏｕＴｕｂｅを見ながらギターのコードを覚えて……といろいろやっているうちに、「音楽が好きだ」という気持ちが再燃して、それで軽音部に入ったら、どんどん学校に行くのが楽しみになってきたんです。「学校」というより「部活」がおもしろくなったということですね。

ただ、その間も生徒がどんどんやめていくので、軽音部に残ったのは僕ともうひとりだ

けになりました。彼は、本人いわく「ぽっちゃり」した愛らしいデブなんですが、メタルギターがすごく好きで、速弾きとかをやらせると超カッコいいんです。ふたりともアレンジが得意だから、ノッてくるとふたりでどんどん即興的に展開してジャムセッションして、それがすごく楽しくて。

新年度の部活紹介のときに、夕日を浴びながら演奏するという演出つきでそれをやったら、後輩が40人も入ってきてくれました。

軽音部には、指導してくれる人が誰もいなかったので、「エレキギター＋ベース＋ドラムのバンド演奏とボーカルとピアノを教え合う会」のような感じで、みんなでゼロからスタートしました。そうして、力を合わせて活動をしているうちに、「学校にいる意味」みたいなものをだんだん見出せるようになってきたんです。

年に1度開催される文化祭に向けて、みんなで本当にがんばりました。その文化祭も、生徒はヤンキーばかりなので、「おー、イケイケ！」みたいな声援があちこちから飛んできて、すごく楽しめました。

このときの友だちとは、ＦａｃｅｂｏｏｋやほかのＳＮＳでつながっていて、いまでも近況を知ることができます。

僕は、ギターにどハマりして、毎晩、ギターを抱えて寝るくらい夢中でした。それと同時に、ピアノの練習も続けていました。

施設の先生方にも僕の音楽に対する情熱が伝わっていて、僕のユニットの部屋にはピアノを必ず置いてくれていました。それで、昼間から深夜まで、ピアノかギターかどちらかをずっと弾いていて、就寝時間を過ぎても、ヘッドフォンをつけてこっそり弾いていたほどです。

音楽が好きになったのは母のおかげで、その音楽のおかげでギリギリ踏みとどまり、学校を続けることができた。ここでも母に救われました。

プールは苦手

音楽にどっぷり浸かるような生活を送っていましたが、いちばん成績がいいのは音楽ではなく体育でした。体育だけは常に5段階評価の5。「シャトルラン」で体育優良賞のようなものをもらったこともあります。

シャトルランというのは、小中高校で行われる新体力テストのひとつです。

小学校の頃から足はわりと速いほうだったけど、僕より速い子もいたし、それまで自分では運動神経がいいと思ったことはありませんでした。でも、施設に入ってから、バスケやサッカーをするときに先生たちが僕の長所を褒めて、最大限まで伸ばしてくれたので、運動神経もどんどんよくなっていったんだと思います。

ただ、プールだけは苦手でした。小さい頃、山田さんから息ができないほど水風呂に頭を突っ込まれるという虐待を受けていたので、そのトラウマではないかと思います。だから、クロールはできるけど、息をするときに口の中に水が入ってくるのが嫌で、息継ぎなしで50メートル泳いでいました。

おそらく、プールというより水そのものが怖いんだと思います。

数年前に沖縄でシュノーケリングをしたときも、シュノーケルをつけて泳いでいるのに息ができなくなりそうな気がして、めちゃくちゃ息を吸ってしまい、過呼吸のようになって手先がピリピリしびれてきたので、これはやばいと思って、海からあがったことがありました。

通学は自転車で

高校には、小学校のとき以来の自転車通学をしていました。自転車は、施設から自転車購入費用をもらって買いました。

施設から高校まで片道40分、往復80分の道のりを、全力で自転車を漕いで通っていたので、かなり鍛えられました。途中に開かずの踏切があって、そこを遮断機が降りる前に通れるかどうかが大きな勝負なので、毎日必死。風の強い日とか、雨の日はカッパじゃなく傘をさしての状態だったので、なかなか大変でした。でも、同じ施設に学校まで片道2時間かけて通っていた子がいて、それに比べたらたいしたことないな、と思っていました。

ぜんそく持ちで秋から冬にかけての季節の変わり目はきつかったけれど、雨の中を走っても風邪ひとつ引かなかったから、基本的には丈夫なんだと思います。でも施設内では、僕は「病気持ち」というイメージがあるんです。きっと、学習ボランティアの人がくる度に仮病を使っていたからでしょう。

体力にも自信が出てきてちょっと無謀なことに挑戦したくなり、遅刻ギリギリなのに

「もしかしたらこっちのほうが早いかもしれない」とあえてそれまで通ったことのない道を試したりするような、ちょっとした冒険をよくやっていました。

当時、テレビのバラエティ番組の人気コーナーに「ハモネプリーグ」というのがあって、楽器を使わずに声だけでハーモニーを奏でる若者のパフォーマンスを紹介していました。それで、僕もボイスパーカッションを覚えて、自転車に乗りながら「♪ズンズパッ」みたいなことをずっとやっていたら、どんどんうまくなりました。

学校帰りに自転車の後ろに友だちを乗せて走ってると、よくおまわりさんに呼び止められそうになりました。施設のある杉並区と学校のある練馬区とふたつの区をまたぐので、自転車の登録シールを見て「盗んだ自転車か」と疑われるみたいで、自転車の確認をよくされたんです。

制服をだらしなく着て、チャラい格好をしているから、余計に目をつけられたというのもあるかもしれません。当時、寝癖の髪にワックスをつけて、腰パンで和柄のベルトをすることが、みんなとちがってカッコいいと思ってたんです。自己承認欲求の塊のような、とにかくモテるために一生懸命な年頃でした。

じつはその頃、あらたに日本国籍を取得するための申請手続きをしていて、施設の先生

や弁護士さんから、

「何かあるとフィリピンに強制送還される可能性はあるよ」

と言われていました。だから、おまわりさんに呼び止められると、

「ちょっとこれから塾なので急がなきゃいけないんです」

と言い訳をして、うまーくかわしていました。

おこづかいとアルバイト

施設で暮らしているとお金に不自由しているのではないかと思われがちですが、じつは、そうでもありません。たとえば、洋服代や散髪代、交通費などの生活費はすべて施設が面倒を見てくれます。

また、それとは別におこづかいも出してくれます。高校生のときはたしか5500円だったと思います。基本的にそれを自由に使っていいのですが、使い道を記入したおこづかい帳のようなものをレシートといっしょに見せる必要があったので、友だちとの交際費で見せられないようなものは「お菓子代」とか当たり障りのない名目にして、適当に帳尻を合わせていました。

それから、僕は勉強はしないかわりに部活に打ちこむことにしたので、２年生までは軽音のほかにバスケ部にも入り、さらに、３年生のときにはバレーボール部にも所属していました。そういう部費もおこづかいとは別に出してくれるので、僕は部費を３つ分もらっていました。

部活は、いろんなところでいい隠れ蓑《みの》になっていましたね。たとえば、施設で高校生の門限は６時ですが、「後輩に教えてるから」と言っては、夜中の12時頃まで友だちと外で遊んで帰ったり。本当は自転車で移動したのに、電車とかバスに乗ったことにして交通費を浮かせて、それをおこづかいにまわすというのもよくやりました。

施設の先生とはなるべくうまく付き合いながら、そうやってルールをグレーゾーンで破るというのが、スリルがあってすごく好きでした。

施設ではアルバイトをすれば携帯電話を持ってもよかったのですが、僕は部活が忙しくてなかなかバイトをする暇がなかったので、携帯はずっと持っていませんでした。それで、部活の仲間とか友だちの電話番号はすべて暗記して公衆電話からかけたり、施設のパソコンからメールを送ったりして連絡をとっていました。

携帯は本当にほしかったし、当時、ＰＨＳという安い携帯電話やプリペイド形式のスマホも出はじめていたので、ちょっとがんばれば持てなくはないなと思って、じつはアルバイトも少しやってみたんです。

セブンイレブンで雇ってもらい、そこのオーナーさんにかわいがられて息子のように接してもらい、すごくいい環境だったのですが、やはり部活との両立がきつかった。それで、「大人になってからいくらでも働くんだから、バイトはいまじゃなくてもいいよな。やっぱり、いましかできない部活をやろう」

そう思ってやめました。自分ではなかなか健全な選択をしたなと思っています。僕のような環境だと、アルバイトをやってある程度稼げるようになると、そのまま高校を中退してしまう可能性もありますから。

セブンイレブンでお世話になったのはわずか2カ月ほどでしたが、2年ほど前、あいさつに行ったら、店長さんは僕のことをまだ覚えていてくれて、とてもうれしかったです。

携帯電話は高校3年生の卒園間際になってやっと購入しました。叔母から1000円とか2000円とかよくおこづかいを渡されていたのですが、それとは別に携帯も持たせてくれたんです。

日本国籍を取得、「ブローハン」として生きる

施設の先生たちは、僕のことを本当によく気にかけてくださっていたと思います。先生たちのおかげで、すでにフィリピン国籍を取ることができていましたが、さらに、日本国籍を取得できるよう働きかけてくれました。

日本国籍を取るには、実父の石橋さんから認知してもらう必要があります。これはあとから知ったのですが、石橋さんと連絡をとれるのは唯一叔母だけだったので、叔母の助力も大きかったようです。

僕が叔母の家に外泊をしているタイミングで、叔母は石橋さんに認知のことで電話をかけました。弁護士さんだかケースワーカーさんだかも同席していて、そのまま電話を引き継いで石橋さんとやりとりをしていたことを覚えています。

ただ、どんな内容だったかまでは、よく覚えていません。あとで聞いたら、石橋さんには「もし裁判に出てこなければ、あなたは認めたことになりますよ」と伝えたそうです。要するに、裁判所に出向いて「自分の子ではない」ということを申し立てしないと、認めたことになるんだそうです。

結局、石橋さんは裁判の日に来なかったので、そのまま認知されたことになりました。なんだか簡単に聞こえるかもしれませんが、実際はここまで3年くらいかかりました。

認知申し立ての手続きをし裁判まで進め、強制認知という形ですが認知を勝ち取ってくれたのが、果たして、ケースワーカーさんだったのか弁護士さんだったのかというのは、本当にお世話になったのですが、はっきり覚えていないんです。僕自身は、裁判所には一度も行っていませんし、裁判などの費用も、いったい誰が出してくれていたのかもわかりません。

ともかく、こうして実父の石橋さんからの認知を得たことで、17歳の高校2年生のときに日本国籍を取得することができました。フィリピン国籍を取得したときと同じように、このときも僕がしたのは、施設の先生や担当してくださった方に連れられてフィリピン大使館に行き、その人たちからのアドバイスどおり「日本で生活したいです」ということを、ひたすらアピールしたことぐらいです。

フィリピンでは重国籍が認められていますが、日本では認められていないので、この時点で「いずれフィリピン国籍は捨てるしかない」と言われ、ちょっと残念な気がしました。日本でも重国籍を認められるといいのに、と思います。

そのためか、日本国籍を取れたことがわかっても、正直、あまり実感が湧きませんでした。日本国籍を取って戸籍ができても、目に見えて何かが変わるということもないんです。でも、通学中に、警察官を見てももうびくびくしなくてもよくなった、というのはありました。

いまも叔母とふたりで話をしていると、石橋さんが認知してくれたことや日本国籍が取れたことが話題にのぼることがあります。その度に、叔母が「私がやったんだよ」と言うのを聞いて、改めて「ああ、そうだったんだな」という気持ちになります。叔母にとっては、僕以上に感慨深いできごとだったのかもしれません。

そうそう。石橋さんに認知はしてもらいましたが、戸籍には「ブローハン聡」の名前で登録しました。戸籍名を漢字ではなくカタカナのまま登録するのは、

「昔はうるさくて、受けつけられないこともあったんですよ」

とお役所の人に言われました。外国人に対する差別のようなものがいまよりもあった時代には、会社などでも親の片方が外国人の人はカタカナの苗字だと職場で不利だったようですが、いまはめずらしがられて有利なこともあります。

戸籍に記載される本籍地の住所は養護施設になっています。いまもパスポート更新など

で戸籍謄本を取るときに養護施設の住所が必要になりますが、空で書くことができます。けっこう、覚えているものなんです。

戸籍謄本は本籍地のある市区町村役場で取るか、郵送で取り寄せるかしないといけません（最近はコンビニで取れることもありますが）。わざわざ養護施設のある杉並区まで出向くのは面倒なので、本籍地を変更しようと思ったこともあります。でも、いまはこのままでいいかなと思っています。

生い立ちをカミングアウトして、本当の友だちに

高1で退学しそうになりかけたのを、部活のおかげでなんとかぎりぎりもちこたえて再び学校に行くようになってからは、だんだん楽しくやれるようになってきました。

それまでの僕は、誰とでも仲良くコミュニケーションはとれるので知り合いは多いけれど、深い付き合いができないので、本当に友だちと呼べる人はひとりもいなかった気がします。それに、自分は人生を達観したような気持ちでいたのに、まわりはまだ「親、うぜえ」とか言っている段階。環境や精神性を含めて自分とまわりの差をすごくわかっていたので、ちょっと引いていたんです。

「みんな幸せな家庭に育ってるから、どうせ僕のことなんて理解できない」

そういう偏見を勝手にみんなに押しつけていました。

でも、高校2年の修学旅行で沖縄に行ったとき、退学することなく残っていた仲のいい子と、お互いに深い話をする雰囲気になり、僕ははじめて人前で、自分の生い立ちの話をきちんとしました。

国籍も戸籍も苗字もなくこの世に生まれてきたことや、虐待の日々、施設でのこと、お母さんの死や「ハゲワシと少女」との出会い、父の認知、ふたつの国籍のことなど、「こういう環境で育ってきたんだ」ということを包み隠さず話しました。するとその友だちは泣きながら親身に聞いてくれて、しかも、それを聞いたからといって態度が変わることもなく、それからもふつうに接してくれました。これが何よりうれしかった。

自分の境遇を話すことができ、

「こいつとだったら一生、たぶん人生の最後までいっしょにいても、おもしろいだろうな」

と思う友だちが見つかったんです。

「ああ、はじめて信頼できる友だちができたな」

そう実感しました。

だから、僕が友だちと呼ぶのはそいつだけ。友だちには、本当に感謝しています。

はじめて真の友だちをもつことができたり、実父から認知されて日本国籍を取れたり。17歳の高校2年もまた、自分のなかで大きな変化の年でした。

優しいおせっかいは苦手

はじめて僕のことを理解してくれるいい友だちができた一方で、すごく苦手な先生がひとりいました。

国語を担当している30代の女の先生で、すごく優しくて繊細な人なのですが、それゆえか、僕のこともいつもうかがっている感じで、気づいたら、踏みこまれたくない心の領域にまで入ってこようとしていた。

僕は、自分のタイミングで相手とのコミュニケーションの距離を縮めたいタイプなので、向こうのほうから距離を縮めようと近づいてきて、しかも、入ってほしくないところまでズカズカ来ようとすると、途端に拒否反応が出てしまうんです。

親友になった友だちには、僕のほうから話をしたいと思って先に心を開いたし、だからといって、友だちも開いた心のなかにズカズカ入りこんでくるようなことをしない。友だちとはお互いにタイミングや距離感のとり方が合うから、いい関係を築けたんだと思います。

でも、その先生は、僕の準備ができていないのに、入ってきてほしくない僕の心の領域に勝手に入ってこようとした。だから我慢がならず、物理的に近くにいるだけでも煩わしさを感じるほどになってしまいました。

当時、国語は成績によって2クラスに分かれていて、僕は成績がいいほうのAクラスだったのですが、「ごめんなさい、Bに行きます」と言って、自分から下のクラスに移りました。根は優しい人だから本当に申し訳ないなと思うのですが、でも、「この先生とは本質的に絶対合わない」という、どうしようもないほどの拒絶反応を感じてしまって。そのくらい嫌で、近づきたくなかったんですね。

いまでも、優しさの押しつけのようなことをされるのは苦手です。

はじめての海外旅行

18歳の高校3年生のとき、はじめての海外旅行を経験しました。

東京の児童養護施設や里親、ファミリーホームで暮らす高校3年生を対象にした「青年国際交流プログラム『アジアの中の日本を見る』体験の旅」というプログラムがあって、施設の先生が「せっかくだから応募したら」とすすめてくれ、志望動機のようなものを書く作文も手伝ってくれて、それで応募したら合格したんです。

このプログラムは、マレーシアのペナンに4泊ほどして、現地の福祉施設での交流や、ボランティアワーク、地域のホストファミリーへのホームステイ体験などをするもの。それを通じて、児童養護施設の子どもたちが、日本の外から日本を見て感じることを目的としていて、毎年15名ほどの児童が参加しています。

僕のときは、精神障害を抱えている人たちの暮らす施設に行ったり、村の民家にひとりずつホームステイをしたりという体験をしました。

おもしろいなと思ったのは、自分はマレーシア語は全然できないのに、現地の人たちの話をよく聞いていると、たまにタガログ語と同じような言葉が出てきて、ところどころわかったりすることです。

食事はだいたい大丈夫だったのですが、1回だけ、めちゃくちゃ甘いパイナップルとめちゃくちゃ辛いソースがかかったお肉を混ぜた料理が出てきて、それだけは食べられませんでした。パイナップルとお肉は相性がいいとよくいいますが、甘さと辛さのバランスがとれていなくて、全然調和してないんです。当時は辛いものが苦手だったこともあって、これだけは参ってしまいました。

じつは、はじめに行き先はアメリカのどこかだと聞いていたので、改めて行き先を告げられたときには正直、「なんだ、マレーシアか」と思っていたんです。でも、日本にいたら絶対できないような体験をいろいろできたし、あとでレポート提出もないので気楽に楽しむことができました。おこづかいがもったいないのでおみやげは買いませんでしたが、いい思い出ができました。このとき出会った友だちとは、いまも連絡をとりあっています。

このマレーシア旅行には、ちょっといわくがあります。

このとき、すでに日本国籍を取得していましたが、まだパスポートを取れていなかったので、フィリピンのパスポートを使って行ったんです。

日本国籍をもっているけれど、パスポートはフィリピンという二重国籍の状態。日本では、どちらの国籍にするかを22歳までに決めればいいので、僕はまだ国籍の選択をしていませんでした。それで、このときはフィリピンのパスポートで行くことができたんです。

ちなみに、フィリピンでは重国籍が認められているので、フィリピンの法令にのっとってフィリピン国籍を離脱するという宣言をしない限り、フィリピン人のもとに生まれた子どもはフィリピン人（＝フィリピン国籍）として、いつでもパスポートを持つことができます。

僕はフィリピン国籍を離脱したので、いまはもうフィリピンのパスポートは使えませんが、それでも期限が切れたパスポートはとっておいてあります。母子手帳とともにフィリピンのパスポートも一生持っておこうと思っています。

立ちふさがった現実の壁

高校3年生になると就職か進学か、みんな進路を決めることになります。

僕は、ピアノのおかげで生まれてはじめて自信をもつことができたり、ギターのおかげで高校生活を続けることができたりと、ずっと音楽が身近にあって助けられてきたし、何より純粋に音楽が好きだから、「将来は音楽を使って何かしたい」と漠然と考えるようになっていました。

それで、夏休みに入る前ぐらいから、施設や学校の先生、叔母や友だちなど、まわりのいろんな人たちに「音楽の専門学校に行きたいな」という思いを伝えはじめたんです。

ところが、誰の口からも返ってきたのは、「何言ってるの。お金どうするの」という、すごく現実的な言葉。

考えてみれば、僕はそれまで、お金のことなんて一切考えたことがなかったんです。これはある意味、施設に守られてきた証といえるかもしれません。

それに、部活しかやってこなかったので、わずかな蓄えもありません。

それでも、「奨学金を借りられるんじゃないかな」とどこか安易に考えていたのですが、実際に調べてみると、奨学金を受けるにも、たとえば、学業成績を問われたり、働くことを義務づけられていたりと、いろいろ条件があってハードルがすごく高いことがわかりました。それではじめて、

「え！　ダメじゃん。無理じゃん」

と、ようやく目が覚めたというか、現実が見えるようになったんです。

そうして、しかたなく、就職に切りかえました。

進路の決定

就職先を探すうえで、いちばん大事な条件は、寮つきであることです。高校を出て就職をするということは、施設を出るということでもあり、それはイコール住む家がなくなるということだからです。

その条件で給料がもっともよかったのが、病院の事務職と大日本印刷株式会社でした。

初任給は、どちらもたしか高卒で22万円ぐらいだったと思います。

同じ給料ならどちらにするか。

僕は、パソコンが得意だったので、事務職のほうがやれそうかな、と考えました。それに作業着を着ている自分より、「白衣のほうがカッコいいな」とも思い、病院を選ぶことにしました。

なんとも頼りない志望動機ですが、面接ではそれらしいことを話したので、無事に受かりました。

受かったタイミングで、病院から「看護学校を受けてみない？」という提案がありました。でも、僕は看護師になる気はまったくなかったので、即座に断りました。

ところが、何度も何度もしつこくすすめてくるんです。これから働く場所ではうまくコミュニケーションをとって、いい関係を築いていかないといけないのに、はじめに「ノー」を言いすぎると働きづらくなる気がしました。それにこれ以上断るのはよくないなと思って、6回目くらいにすすめられたときに、承諾してしまいました。

それから、言われるまま看護学校を受験しに行くことになり、ここでも面接でそれっぽいことを言ったら、そのまま受かってしまいました。

結局、高校を卒業して4月からは事務職員ではなく、昼間は看護学校に通い、帰ってきたら病院で看護助手として働くということになりました。

卒園

原則として、18歳になって高校を卒業すると施設からは出なければいけません。

僕は1年遅れて学校をスタートしたので、病院に就職が決まり、高校も無事に卒業したときには19歳になっていました。人より1年長く施設で生活をしてきましたが、いよいよ卒園することになりました。

僕にとっての施設は、たとえば、3食きちんと食べて、学校に通って、友だちと遊んで、ぐっすり眠って……という当たり前の生活を当たり前に送らせてくれる安全な場所でした。

でも、その一方で、起床時間とか門限とか細かいルールがたくさんあって窮屈だったり、心の距離を感じる先生との関係が面倒だったりして、正直、「施設から離れて自由になりたいな」と思うこともありました。だから、卒園が近づくにつれ「これでいよいよ自由になれるな」という解放的な気持ちがあったのも本当です。

でも、それ以上に感じていたのは、大きな不安でした。

就職とともに実家を出てひとり暮らしをするのとはちがい、施設を出たら、もう戻ることはできません。もちろん、先生方は「いつでも相談に乗るから、おいで」とは言ってくれるけれど、基本的に施設が世話をしてくれるのは、最初の就職のときまで。もし、仕事がうまくいかなくてやめても、次の就職先までは面倒を見てくれません。

「施設を出たら、本当にひとりで生きていかなくてはいけない」

「それなのに、自分の未来は漠然としていてどうなるかわからない」

その不安を覆い隠そうと、卒園を迎えるまでずっと、

「いままでどうにかなってきたんだから、これからも大丈夫。なんとかなる」

と自分に言い聞かせていました。

卒園式では、そういう複雑な僕の気持ちを伝えたいと思い、答辞として秦基博《はたもとひろ》さんの『朝が来る前に』をギターの弾き語りで歌うことにしました。

何が今見えているんだろう　それぞれの明日を前に
僕らは空を見上げたまま　ずっと何も言えずにいる

突き刺す様な冬の匂い　夢から醒めてくみたいだ
「もう行かなくちゃいけないよ」　そう　胸のフィラメントがつぶやく…
…朝が来れば僕ら旅立つ　新しい日々の始まりへ
いつかここでまた会えるよ　ねぇ　そうだろう
朝が来るその前に行こう　流れる涙　見えないように
振り向かないで僕は行くよ　現在《いま》のその先へ旅立とう

施設の卒園式で、ギターを弾き語りした

秦さんのこの歌詞の世界観やギターの音色が、自分の心境にすごく重なっている気がして、聴くたびにメロディと歌詞が心に突き刺さってくるんです。それでこの曲を卒園の曲として選びました。

ギターの練習を始めてから、施設ではまだ人前で弾いたことがなかったので、巣立ちの日はデビューにふさわしいなという気持ちもありました。

式では、自分の気持ちそのままの曲に、これまでの思いをのせて歌いました。

いよいよ施設を出るとき、本当の弟や妹みたいにずっと面倒を見てきたちびっこたちが、抱っこをせがんできたり泣いたりしている姿を見て、すごく愛しくて「離れたくない」という気持ちになりました。

また、「大人」としてではなく「ひとりの人」として接してくれた数人の先生たちの優しさが心に深く残っていて、そういう先生のもとを離れることに寂しさも感じました。

卒園にあたっては、新しい旅立ちに夢や希望を感じるよりも、不安のほうが大きかったかもしれません。そして、それは現実のものとなりました。

［コラム］進路について

こんなふうに僕の進路は決まりましたが、正直、もっと早く、人に相談できる機会があったらよかったのに、と思います。

僕が進路のことをきちんと考えたのは、高校3年生のときのプログラムが最初で、進路を決めたのは秋でした。

もちろん、相談してもお金の問題などは解決できず、結果、進路は変わらないかもしれません。でも、少なくとも、「いろいろな状況・条件を時間をかけて検討して考える」というプロセスを経験することはできたでしょう。この経験は、その後ひとりで生きていくうえで、とても大切です。その最初を親身になってくれる人人といっしょにできていたら、と思わずにいられません。

また、学校で職場体験をしたりもしましたが、高校を卒業して仕事を選ぶには、圧倒的に情報がたりません。どんな仕事があり、どんな内容で、どんな働き方なのか。参考にできる大人を見たり出会ったりする機会もなく、ドラマや漫画など、自分が触れるものからのイメージのみで、選択肢があまり思い浮かばないなかで、進路を決めなければならないんです。

進路を選ぶうえで、「ドリームキラー」な大人が多いのも、すごく残念です。子どもが何かを「やりたい」と言ったそばから、「何言ってるの」「そんなのできないよ」と否定してしまう。大人のほうが子どもよりいろいろ知っていて考えているから、そう思うのはわかります。でも、「できる／できない」を決めるのは子ども自身。その子が「やりたい」と言うことにどれだけ寄りそって考えるか。子どもの選ぶ権利を尊重できる大人が増えるといいと思います。

それと、高校を卒業すると施設を出るので、いきなり「安全基地局」を失ってしまうことも、子どもの進路を狭めます。一人暮らしをするにも初期費用がかかり、そうすると寮完備の企業しか選びにくくなるからです。

こんなふうに、施設から社会へ出るタイミングには、問題が山積みの状態です。

第5章　社会の荒波

出勤初日で借金を背負う

病院にはじめて出勤した2011年4月3日、思わぬことが待ち受けていました。事務室に通されると、あいさつもそこそこに、目の前に契約書類を出されました。そして、

「看護学校のお金は私たちが立て替えます。2年間学校に通い、卒業してから5年間うちで働いてくれたら、すべて免除になります」

と言われたんです。

就職面接のときに学費の話なんて一切聞かされていなかったので、動転してしまいました。たしか、学費は100万円ぐらいだったと思います。要は、学費の立替払い制度だったんです。

しかも、そういう手続き代のようなものも含まれているのか、最初に聞いていたお給料より、手取り額がすごく下がっていました。額面給与が22万円なら、手取り額は17万円前後が目安といわれますが、それより低くて、10万ちょっとくらいでした。住むところは家賃のすごく安いところを用意してくれていたのですが、寝耳に水なことばかりで、どうに

も釈然としませんでした。

「どうして、面接のときにちゃんと説明してくれなかったんだろう。お金のことを知っていたら、看護学校なんて受けなかったのに。もともと僕は事務員として働くつもりだったし、それでよかったのに。いまさらずるい！」

そう思いましたが、僕にはもう帰る家がないので「これを受けないという選択肢はないんだ」と覚悟をするしかありませんでした。

それで、「書類のここに印鑑を押してくればいいから」と催促され、何百万という数字と黒い文字がびっしり並んだ書類にろくろく目を通す暇もなく、言われるがままに書類に判を押してしまいました。

自分の押した赤い印を見た瞬間、思わずぞっとしました。

「もう前も後ろもない」

絶望の淵に立った、そんな気がしました。

いまから考えると、社会経験がないとはいえ、考えが本当に甘かったなと思います。

学校と仕事のハードワーク

看護助手というのは、病院やクリニックなどで看護師さんのサポートや患者さんのケアをする仕事です。資格はなくても、看護師さんの指導のもとで、医療現場で働くことができます。

僕が勤めていたのは人工透析のクリニックだったので、おもな仕事は、訪室された患者さんの体重測定やベッドへの誘導、透析のための医療器具の準備や洗浄、片付け、シーツ交換やベッドメイキング、洗濯、透析室の電話や受付応対、掃除、いろいろな物品の整理・補充など。注射や採血などの医療行為はできませんが、業務内容は多岐にわたっていて、慣れるのが大変でした。

そうして看護助手として働きながら、看護学校に通っていたので、毎朝6時に起きて、家に帰るのはだいたい夜の10時ごろ。もともと勉強ができるタイプじゃないから、帰宅してから翌日の授業の予習をして、寝るのはいつも真夜中過ぎという生活。

学校と仕事の両立は想像以上にハードでした。

はじめは気合いでがんばっていたのですが、そういう生活を続けるうちに、疲れがどんどんたまって、精神的にも追いつかなくなってきました。気づくと、学校で居眠りをしてしまい、授業でやるはずだったレポートを家に帰ってから書くので寝るのが遅くなり、寝不足でさらに疲れがたまって、翌日居眠りをする、という負のループのような状態が続くようになったんです。

励ましの「がんばれ」のしんどさ

学校と仕事の両立に苦しんでいた頃、「カナエール」というスピーチコンテストも受けることになり、その準備もしていました。

このコンテストは、「認定ＮＰＯ法人ブリッジフォースマイル」という、児童養護施設の子どもたちの自立やアフターケアのサポートを行っている団体が主催するプログラムのひとつ。児童養護施設を退所したあとに大学や専門学校などへの進学を希望している高校３年生や、すでに進学をしているけれど卒業までまだ1年以上の在籍期間がある若者を対象に、３カ月のトレーニングプログラムを実施したあと、夢を語るスピーチコンテストに出場することを条件に、会場に集まった支援者のチケット代をもとに30万円の一時金と卒業まで月々３万円を奨学金として給付するというものです。

僕は、高校3年生のときに、ブリッジフォースマイルによる「すだちプロジェクト」というセミナーを受けていました。施設の退所を控えた高校3年生を対象に、引っ越しの手続きや金銭管理、危険から身を守る術など、一人暮らしで必要となる知識やスキルを教えるセミナーです。ちょうどそのとき、翌年の2011年からカナエールのプロジェクトがスタートすることになっていました。僕自身も就職は決まったけれど看護学校にも通うことになっていて、ちょうど条件にかなっていたので、まわりの人たちからすすめられ、コンテストの一期生として参加することになったんです。

ちなみに、カナエールのプロジェクトは2017年で終了したそうです。2016年に、厚労省が社会的養護の子どもたちへの生活費を実質給付することを発表したり、文科省が経済的に困難な進学者への返済不要の奨学金を給付することを発表するなど、国による公的支援が前進したため、役目を終えたとの判断のようです。

4月に就職してから、仕事と学校との両立に苦しみ、それでなくても時間的にも精神的にもゆとりのない生活を送っていたのに、5月になると夏のスピーチコンテストに向けてのトレーニングプログラムが始まり、休日にはスピーチの内容を考えるという、さらにハードなスケジュールになってしまいました。

カナエールでは、メンターとして社会人ボランティアが３人ついてサポートをしてくれます。僕自身は、仕事と学校の両立に苦しみ、「本当は看護師になりたいわけじゃないのに、流れでそうなってしまった」という状況を受け入れられず、夢など語れるような状態ではありませんでした。だから、コンテストは辞退しようと思っていたんです。

でも、サポーターの人たちは、スピーチをいっしょに考えてくれたりと一生懸命に向き合ってくれます。だから、その人たちの期待にこたえないといけないと思って、「本当は仕事も学校もやめたいんです」なんて、とてもじゃないけれど言い出せませんでした。

けれど、職場は職場で僕が学校を出て看護師になることを期待しているし、学校は学校で僕がちゃんと学習して卒業をすることを期待している。そんな状況が苦しくて、僕は押しつぶされそうになっていました。

それではじめて、ブリッジフォースマイルの代表の人と児童養護施設の職員さんに、「仕事も学校もやめたいんです」と相談をしました。

そうしたら、どちらもすごく優しくて「応援するからがんばれ」って懸命に励ましてくれたんです。

でも、僕は毎日１２０％本気でがんばっていたので、

「これ以上がんばんなきゃいけないの？」

と、その「がんばれ」が負担になってしまって。

「もう人には相談できないな」

そう思って、すごくふさぎこんでしまいました。

結局、僕はまわりの大人の期待にあわせて、本音は語らず、看護師になることを「夢」として語り、奨学金を受け取りました。

「本当にやりたいことってなんだろう？」

カナエールのスピーチコンテストでは、自分の気持ちとはちがうことを語ることになってしまうという苦い経験になりましたが、その一方で、「自分は何を本当にやりたいんだろう」ということを、真剣に考えるきっかけになりました。

僕は高校を卒業して、施設を出てすぐ、19歳で社会人1年生になったので、大人の世界のことがよくわかっていませんでした。それで、自分のやりたいことをやって自分らしく生きているようなお手本になる大人を探そうと、いちばん身近な職場で出会う人たちのことをいろいろと観察してみたんです。

ところが、「僕がなりたいのは、たぶんこういう人たちじゃないな」と思ってしまいました。残念ながら、職場には目標にしたいような大人がいなかったんです。でも、それを反面教師に、こんなふうにならないようにしようというのが、僕のなかで明確になりました。

１つ目は体を大事にしないこと。出会った患者さんたちは、みなさん生活習慣病を患っていました。その人たちが「昔はこんなことをできた」と語ったり、「あのときああすればよかった」と後悔していたりする言葉を聞いて、体は資本、健康であることが大切だと思うようになりました。

２つ目は、仕事をただルーティーンでこなすこと。やっている仕事はかっこいいのに、心がない。職員のそんな姿を見て、お金をかけて学校に行ってまでこんなふうにはならなくていい、と思いました。

３つ目は、人のことをお金としてしか見ず、人から搾取をすること。これは僕の勤めた病院の経営者がそうだったのですが、医者にはペコペコし、患者さんのことはお金としか見ていなかった。いつも顔は笑っているのに目が笑っていなくて、愛想笑いがはりついている感じです。ちなみに、僕に看護学校をすすめてきたのもこの人でした。

そんな大人たちに囲まれて、僕はなおさら、自分の人生について深く考えるようになりました。

自分と向き合い「自分の本当にやりたいことは何か」と考えつづけても、なかなか答えは見つかりません。

でも、少なくとも「いまやっていることは、自分の本当にやりたいことではない」ということは明確に感じるようになりました。

半分だまされたような格好で、看護助手と看護学校生という二足のわらじをはかされ、強制的に看護師の道を歩かされている。このまま続けたら、「ああすればよかった」と、いずれ後悔することになる。

その気持ちは強まっていきました。

後悔することがわかっている人生をこのまま歩みつづけるなんて、やっぱり耐えられません。

翌年の3月。僕は、引き止められるのを振りきって、まるで逃げるようにして病院をやめました。

でも、病院が立て替えていた学費の100万円と、カナエールでもらった奨学金とは返済しなければなりません。

カナエールの奨学金は、学校を卒業すれば返済の必要はないのですが、中退したので返済しなくてはいけなかったんです。「ゆっくりでいいよ」とは言われましたが、病院の借金と合わせて、結果的に僕にとっては多額の負債を抱えることになりました。

病院のほうは、多額だしどう考えてもだまし討ちのようなところもあって、本当に自分が支払う義務があるのか、疑問でした。それで、養護施設の先生が間に入り、病院側と何度もやりとりをしてくれ、数年後に免除してもらうことができました。

1年遅れの成人式

病院をやめたとき、手元にあったのは1ヵ月のお給料分だけ。寮も出なくてはいけない。すっかり途方に暮れて、叔母に相談したら、叔母の家に同居させてくれることになりました。住むところができて本当にホッとしました。

そして、叔母の家からほど近い、西新井《にしあらい》のアリオという複合商業施設に入っているムラサキスポーツで、アルバイトを始めました。

このムラスポにはいいスタッフが集まっていて、本当に愉快なメンバーばっかり。だから、病院に勤務していたときとは１８０度ちがって、出勤するのがすごく楽しくて、働くのがおもしろくなりました。

ムラスポに勤めている間に、成人式にも参加しました。

本当は病院に勤めていた1年前の2012年が、僕にとっての本当の成人式です。でも、小学校に1年遅れて入学してからずっと1学年ずれているので、本当の成人式のときには学年がひとつ上の人たちと同席することになります。まわりが知らない人たちばっかりだとつまらないので、そのときは参加しませんでした。七五三とか1/2成人式とか、そういう行事をしたことがなかったので、「二十歳」「成人」といったものにも特別感がなく、本当の成人式に対するこだわりはまったくありませんでした。

それで、翌年の2013年に、同級生といっしょに成人式に参加しました。その日は東京に大雪が降って、スーツと靴がびちょびちょになったことをよく思い出します。

成人式を終えてまもなくして、ムラスポを退職することにしました。本当はずっと働いていたいぐらいだったのですが、時給が900円だったんです。それだとやっぱりなかなかお金は貯まりません。「このまま勤めつづけるのはさすがにきついなぁ」と考え、とても残念だったのですが、やめる決意をしました。

ムラスポをやめて時間ができたので、友だちと東北をめぐる旅に出ました。

それまで、僕はずっと大人からの支配やルールや制限を感じて生きていました。だから、何も考えず、何にも縛られず、あてもなく自由にいろんな場所に行くことに憧れをもっていました。それで、成人になったことを機に、高校２年の修学旅行で親密になった友だちを誘って、ふたりで行くことにしたんです。

友だちが免許を持っていて運転が上手だし、その子のお父さんが８人乗りの大きな車を持っていたので、それを借りて、ふたりともお金がないので、基本車中泊、ガソリン代は折半で行きました。

僕といっしょに旅をして、その間ずっと運転手をしてくれていた友だちは、いま、バスの運転手をやっています。本当に車が好きなんです。彼は、自分の家族のこともすごく大事にしていて、いつかバスで自分の大家族と友だちを乗せて、あちこちまわりたいという話をしています。近いうちに、僕もいっしょにその夢を叶えられたら、と思っています。

派遣社員として再出発

東北の旅から戻ると、派遣会社に登録をしました。そして時給１８００円以上の携帯販売の仕事があったので応募したところ、無事受かったので、ＮＴＴドコモショップで働くことになりました。

ドコモのショップはNTTドコモが直接運営しているわけではなく、販売代理店が運営しています。その代理店が派遣会社と契約していて、僕もその販売代理店に派遣された形です。派遣社員とはいえショップのスタッフはNTTドコモの顔でもありますから、NTTドコモ独自のスタッフ教育プログラムが用意されていて、実際に店舗に派遣される前に、まずその研修を受けることになります。

僕は、まわりの顔色を読みながらキャラクターを演じてきましたから、そのときも指導者の期待にこたえようと、研修の内容をわかったフリをしていました。そうしたら、「こいつはできるな」と思われたようで、いきなり次の日から店舗で働くことになりました。ふつうなら数回受けないと理解できないような研修内容で、たった1日で覚えられるはずもないのに、ついわかったフリをしてしまったことで、僕は1回で研修を終了することになってしまったんです。

じつは、僕は長いこと携帯を持っていなかったので、そもそもドコモショップどころか携帯ショップ自体にさほど行ったことがありませんでした。携帯のことだってまだよくわかっていないので、自分でも「大丈夫かよ」とすごく心配になりました。

でも、いまさらどうしようもないので、翌日には制服を着て名札をつけ、正社員の人たちと同じようにショップの店頭に立ちました。でも、恐れていたようなトラブルもなく、その日は１日ぼーっと突っ立っているうちに終わったので、

「え？　これで時給１８００円？　ムラスポの２倍ももらえる、ラッキー！」

と思ったんです。しかし、もちろんそんな甘いはずはなく、次の日から日本一忙しいといわれている店舗に派遣されることになりました。

はじめての挫折

さすが日本一忙しいショップだけあって、そこの店長さんはすごく仕事のできる、厳しい人でした。それで、たいして時間が経たないうちに、「ブローハン君、来て」と事務所に呼び出されて「君はどこまでできるの？」と聞かれたんです。それで、いろいろわかっているフリをしながら一生懸命答えましたが、すっかり見抜かれて、「全然わかってないな。もう帰っていいよ」と言われました。

１日も経たないうちに帰されて、もうそれが悔しくて、悔しくて。自分のせいとはいえ、「研修だってまともに受けてないんだから、できなくて当然なのに、こんなこと言われるならやめてやる」と思ったんです。それで「いま帰ろうと思っていたところなんです」と

言って、その日は帰りました。

悔しすぎて、帰り道はずっと泣いてました。もう絶対に行かないでやろうと思いました。でも、「このまま引き下がったら悔しい」という思いと、「あの店長を見返してやる」という思いが湧いてきて、結局、踏みとどまりました。

それまでの僕は割と要領よく生きていて、小さい頃虐待を受けたとはいえ、施設に入ってからは褒められることも多くて、山田さんのような人ではないいわゆる「ふつうの人」から否定されるという経験をあまりしてこなかったんです。高校時代もいい感じでモテていたし、叩かれるということがなかった。それで、余計に悔しさを感じたんだと思います。

はじめての挫折を経験した翌日から1週間、毎日お客さんのフリをしてドコモショップや家電屋さん、ほかのケータイショップなどに行き、ぎりぎりまで買う素振りを見せながら、いろいろな店員さんの営業トークを聞いて勉強しました。そして、もう一度、派遣会社で研修を受け直したんです。そのとき、すごくお世話になった女性の指導者がいるのですが、その方に教えてもらったら、ばっちり理解できました。

それから、NTTドコモショップに入り直し、新たな派遣先で接客をしたら、タブレットを1台販売することができたんです。これですごく自信がついて、「じゃあ、次は全国で1位になろう」と目標を定めました。

僕の登録していた派遣会社はさほど大手ではありませんが、全国に支社があり、登録スタッフの成績を毎月ランキングにして発表するので、そのランキングの1位を目指すことにしたんです。それも、人を丸めこむように商品を購入させ利益だけを追求するのではなく、お客さんがすごく喜んでくれて、お客さんにとっても会社にとっても自分にとってもウィンウィンの状態をつくるという1位を目指しました。

すでに一家に1台パソコンがあるといわれる時代になっていましたが、スマートフォンは普及しはじめたばかりでした。タブレットにもなじみのない人が多かったので、「タブレットって何なの？」というところからスタートして、タブレットのよさを説明し、その存在意義をきちんと理解してもらったうえで、買っていただく。それを心がけて営業をしていたら、その日は買ってくれなくても後日改めて買いに来てくれるお客さんが増えて、あとからあとからどんどん売れるような流れができてきたんです。そうして、老若男女を問わず、とにかくたくさんの人に買ってもらえるようになりました。

やがて、店舗にいる常勤スタッフさん全員をあわせた売上の2倍を僕ひとりで出すようになって、ついに日本一になりました。

「これは天職だ！」と思いましたね。僕は勉強があまりできなくて、高卒だし専門学校も途中でやめたような人だけど、ただ話をしているだけでこんなに売れるなんて、と自分でも感心しました。

時給はムラスポの2倍で、しかも販売実績数に応じてインセンティブもつく仕事だったので、いいときは月30万円から40万円ぐらい稼いでいました。派遣会社が手続きを行ってくれて社会保険にも加入できたので、その点もすごく助かりました。


成績トップを走るようになってしばらくして、〝あの店長〟に会いに行きました。店長はびっくりしていましたが、僕は、

「あのときに喝を入れてくださらなかったら、ここまでにはなれませんでした。本当にありがとうございます」

とお礼を伝えました。感謝の気持ちと「どうだ」というリベンジの気持ちと両方あったと思います。

また、かなり稼げるようになってきたので、これまでのお礼の気持ちをこめて、叔母にお金を渡せるようになったのもうれしいことでした。

芸能界へのチャレンジ

すっかりのぼり調子だったその頃、芸能界のオーディションを受けました。

結果は全国で30～50位。悪くないように思うかもしれませんが、トップ10に入らないと最終審査に出られないんです。グランプリをとれなくても最終審査に残ると話題になるので、なんとかトップ10に入りたかったのですが、残念でした。

それでも、モデル事務所からお声がかかりました。でも、モデル事務所にはあまりいい思いがないので、結局、断わってしまいました。

というのも高校生の頃、原宿や渋谷を歩いていると、よくモデル事務所の人からスカウトされたんです。一度、スターダストプロモーションという、著名な俳優さんやタレントさんをたくさん抱えている大手の芸能事務所から声がかかったこともあります。

いま思うと、そこに入ればよかった。でも、そのときは知識がまったくなかったし、施設からもダメだと言われたんです。「なんで？　いまチャンスじゃん」と思ったけれど、「虐待していた山田さんに見つかってしまうリスクがあるから」ということで、認めてもらえなかったんですね。

じつは同じ施設の先輩に芸能界デビューして、戦隊ヒーローの「炎神戦隊ゴーオンジャー」のレッドになった古原靖久《ふるはらやすひさ》さんがいるんです。古原さんは施設にいるときにスカウトされ、施設には内緒にして事務所に入りました。僕は言ってしまったから、ダメになってしまった。誘いを断ったあとも、「もったいないことしたなぁ」とずっと思っていました。間接的にですが、山田さんにチャンスをふいにされたようなものです。

事務所にまつわるエピソードはもうひとつあります。じつは、カナエールのコンテストのときに、会場にきていたソニーの社員の方からお声がけいただいたんです。ところがその直後に、僕は手帳とお財布を落として失くしてしまったんです。そのなかにソニーの人からいただいた名刺を入れていたので、連絡することができなくなってしまって。本当に残念なことをしました。

そういうことがあったので、次にスカウトされたときには「このチャンスを逃したらいけない」と思って、誘われるまま事務所に入ることにしたんです。ところが、この事務所が大ハズレでした。

事務所に入るのに入会金を取られ、それだけでもびっくりなのに、自己負担でモデル養成学校のようなところに通うよう言われ、さらに宣材写真を撮るのに1万円取られて……と何かとお金を支払わされる割には、仕事はまわってこない。さすがに「これはあやしい」と思って、そこはやめました。

こんなふうに、どうも事務所には縁がないというか、ともかくいい印象がなくて、フリーでできるものならフリーでやりたいと思うようになっていました。それで、このオーディションのときも、事務所からのお誘いはお断りしたんです。

それからは事務所には所属しないで、雑誌とかウェブの洋服のサイトとか、直接アプリやＳＮＳ経由でお声をかけていただいたところと仕事をしています。最初はまだ依頼が少なかったのですが、それでもお手伝い料のような感じでいただくモデル代は、ちょっとした収入になっていました。

二重国籍の解消

日本の国籍法では、僕のように20歳までに複数の国籍をもつ人は、22歳までに「国籍の選択」をしなければならないと定められています。期限までに選択をしないと日本国籍を失うこともあるそうで、養護施設の職員さんから「そろそろ行ったほうがいいよ」というお知らせがあり、フィリピン大使館に手続きに行きました。

国籍の選択の具体的な方法はふたつあります。

ひとつは、外国の国籍を離脱する方法です。これは、その国（僕の場合はフィリピン）の法令によって国籍を離脱し、それを証明する書類を添付して地区町村役場または大使館・領事館に外国国籍喪失届を提出します。

もうひとつは、日本の国籍の選択の宣言をする方法です。市区町村役場または大使館・領事館に「日本の国籍を選択し、外国の国籍を放棄する」旨の国籍選択届を提出します。

僕の場合は前者の方法でしたが、手続きは割と簡単でした。フィリピン大使館でフィリピンの国籍を破棄することを伝え、そのことを証明する書類をもらい、フィリピンのパスポートに穴を開けられました。パスポートはいまも持っていますが、証明書のほうはもうどこかにいってしまいました。

生まれてから10年以上も無国籍だったし、フィリピン国籍を取ったときも強制送還されるかもしれないという話もあったのに、区役所で住民登録するような感覚で、簡単に終了。「今回はなんだかあっけなく終わったなぁ」と思った記憶があります。

ともかく、2014年、22歳のときに、日本国籍のみとなりました。

［コラム］重国籍について

世界の国々の国籍事情を見てみると、フィリピンもそうですが、欧米やオセアニア、お隣の韓国など、原則として重国籍を容認している国がたくさんあります。国が一方的に本人の意思に反して国籍を剥奪することは人権侵害に当たると考え、重国籍を認める国は増える傾向にあるそうです。

じつは、日本の法律でも「日本国籍の選択の宣言」をしたあと、「外国国籍を喪失していない場合は、外国国籍の離脱の努力」というグレーな説明になっていて、それに伴うチェック機能もなければ、離脱をしていないときの罰則もありません。つまり、「選択宣言」で日本の国籍を選んだ時点で法的な義務は果たされるので、そのまま外国籍をもったままでも問題はないらしいのです。

法務省によると、日本人と外国人の親をもつ子どもは二重国籍である可能性が高く、そのような人は、昭和60年～令和元年の累計で全国に約99万人いると考えられています。ただ、その後国籍選択をしているかもしれないので、実際の人数はもう少し少ないと思われます。

なら、いっそ、日本でも重国籍を法律で認めてしまってもいいんじゃないかなと思うのは、きっと僕だけじゃないですよね。僕にとってのフィリピン国籍は自分のルーツであり、母との大事なつながりでもありました。できることなら、フィリピン国籍も捨てずにいたかったと思いました。

第6章　自分のルーツ

目標を失い、うつ気味に

ドコモに勤めはじめて3年目あたりから、仕事に対するやりがいがだんだんと薄れてきました。贅沢な悩みかもしれませんが、うまくいきすぎて張り合いがなくなってきたんです。

通信の世界というのは日進月歩で、進化のスピードがすごく速いので、ドコモショップで取り扱う商品もどんどん変わります。僕が入った当初はタブレットの販売に力を入れていましたが、光通信が急速に普及してきたことで、途中から、売る商材がタブレットから光通信にシフトしました。

その光通信の販促が、僕はめちゃくちゃ得意でした。

光通信の仕事は3～4年やったと思います。その間に、販売スキルがどんどん磨かれ、パンフレットの内容も丸暗記しているので、目をつぶって半分寝ながらでも話せるぐらいの状態でした。

でも、そうなると、なんだか退屈に感じるようになってきたんです。

「日本一になる」という目標に向かっているときは、まるで階段を3段飛ばしで駆けあがっていくように、すごいスピードで自分が急成長していることを実感できるほどでした。そうして目標を達成して、しばらくはすごく楽しかった。ところが、頂点を極めたことで自分の成長も伸び止まったみたいで、それからは半年でやっと1歩進んだかなというぐらいにしか感じられなくなってきたんです。

トップになるという目標を達成し、自分でやろうと思っていたことをすべてやったことで、皮肉にも、目指すべきものを見失ってしまいました。

気持ちがふさいでうつっぽくなってきたので、気をまぎらわせるためにゲームをやるようになりました。仕事柄、タブレットとスマートフォンをあわせて8台持っていたので、その1台1台にゲームのアプリを入れて、仕事をしていないときはずっと画面とにらめっこをしてゲームに浸っていました。

職場の人など身近な人たちとはなんとなく話しにくくなって、だんだんゲームのなかでできた友だちとのやりとりが多くなっていきました。

「どうしたらやれるか」ではなく「やるためにどうするか」

うつのような状態は半年ぐらい続きました。その間、「もうすぐお母さんが亡くなって10年だから、お母さんのところに行かなきゃ、お母さんのところに行かなきゃ」

と呪文のように言いつづけていました。でも、やる気が出なくてなかなか行動に移せずにいたんです。

そうして、お母さんの命日の11月29日まであと4日というときに、「もうダメだ、これで行かなかったら、一生、自分に言い訳しながら生きることになる」と意を決して、フィリピン行きの航空チケットを取りました。

このときにはじめて、「どうしたらやれるか」ではなく、「やるためにどうするか」と、逆の考え方をするようになりました。

それまでは、やるためにいろいろ準備はするけれど、同時にやれない理由をすごく探していたんです。でも、ここを機に、「本当にやるためにはどうすればいいんだろう」と、ものごとを成し遂げるためには「やる前提」で考えることが重要だと強く感じるようになりました。

日本を発つのは命日の２日前の11月27日。それまでの２日間で、叔母に伝えたり、ちょうどヘアモデルの仕事が入っていたので髪もバッチリ整えてもらったりして、準備をしました。

叔母は、僕がいきなり２日前に行くと言い出したので、大あわてです。「ひとりで行くなんて心配だから、やめたほうがいい」と言われましたが、僕が「行きたい」と言って譲らなかったので、結局、認めてくれました。

母は13人きょうだいで、その半数くらいはまだ存命で、フィリピンで暮らしていました。僕は、誰にも頼るつもりはなく、ひとりでも行けばなんとかなると思っていたのですが、叔母がフィリピンの親戚の人たちに連絡をとって、僕が行くことを伝えてくれました。

フィリピンでの大歓迎

成田からマニラの国際空港まで、フライト時間はだいたい５時間ぐらいです。日本は初冬で成田を発つときは寒かったのですが、マニラで飛行機を降りると、そこは真夏の陽気。本当にかげろうができるぐらいの暑さで、ブワーッと熱風が吹いてきました。それと同時に、向こう独特のにおいがして、それがまたすごく印象的でした。

空港の到着ロビーでは、僕が日本人っぽい顔をしているせいか、旅行者だとわかって「うちのタクシー乗りなよ」と勧誘してくる人がたくさんいました。そのなかに、日本語で「さとし」と書いた段ボールを手にしたおじさんたちがいたんです。

それで、「さとしです」と近寄っていったら、みんなすごく喜んで「やっと来たか！」という感じで、ものすごい勢いでギューッとハグしてくれました。

ふつうはハグって軽くするものだと思っていたのですが、すごい熱量のハグでした。僕は冬の日本から来たけど、向こうは熱帯。それと同じ熱量の差を感じました。日本人とはちがうコミュニケーションの距離感というか、あいさつの仕方に戸惑って、僕はどう対応していいかわからず、されるがままになっていました。そのくらい大歓迎してくれたんです。僕はおみやげひとつ持たずに行ったので、ちょっと申し訳なく思いました。

マニラの町には大きな橋があって、その橋を境に貧困層の人たちが暮らすエリアと、富裕層や中間層の人たちが暮らす新市街地とにはっきりと分かれています。

祖父の代から住んでいるブローハンの家は貧困層の人たちが暮らすエリアにあって、そこに住みつづけている親戚の人たちは、あまり余裕のない暮らしぶりのようでした。でも、そこから出た人たち、たとえば車を販売して大成功してる人はすごく大きな家に住んでいて、ドーベルマンのような大型犬を飼っていて、子どももグローバルな学校に通わせていたりして、すごく裕福な暮らしをしています。同じきょうだいのなかでも、貧富の差がすごくあるんです。

フィリピンには約２週間滞在しましたが、１日ごとにちがう家に泊めてもらったので、貧富の格差を目の当たりにし、正直、驚きました。そして、日本のような精神的な格差とフィリピンのような絶対的な貧富の格差というのは、全然ちがうものなんだなということを、はじめて感じました。

でも、裕福かどうかはまったく関係なく、どこのお家でも、いいレストランに連れて行ってくれたり、豪華な手料理を振る舞ってくれたりと、大盤振る舞いをしてくれました。それが２週間ずっと続いたので、「これならフィリピンで生活していけるな」なんて思うくらいでした。

僕は日常会話程度ならタガログ語を話せるので、伯父や伯母、いとこたちとは、タガログ語でやりとりしていました。また、フィリピンの街にはあちこちにバスケットのゴールがあって、みんな気ままにストリートバスケットを楽しんでいるので、近所の人たちともいっしょにバスケットをしたりちょっとした会話をしたりして、交流をもつこともできました。ただ伯父たちは、なんとなく似ている人もいればそうでもない人もいるし、見た目の年齢の差もあるようなないようなで、いったい誰がお兄さんで誰が弟なのか、伯父同士の関係性というのは、じつのところよくわかりませんでした。

そして、10年ぶりに弟とも再会を果たしました。弟、つまり母と山田さんの子どもです。フィリピンにずっと住んでいる伯母のひとりが、母から預かって育ててくれていたんです。弟のことを日本で最後に見たときは、まだ本当にちっちゃかったので、身長が僕より少し大きいぐらいまで育った姿を見ても、なんだか弟だという実感が湧きませんでした。顔も僕とはあまり似ていません。でも、弟は僕のことを「クーヤ（お兄ちゃん）」と呼んでくれて、それがすごくうれしかった。

ただ、言語の壁をすごく感じました。というのも、彼は英語で育ってきたので、タガログ語をあまりしゃべれないんです。意味は理解できるけど、話せない。それで、僕がタガログ語で話すと英語で返事をしてくるんだけど、僕は僕で英語が話せない。いろいろ話したいことがあるのに、言語がすんなり通じないもどかしさを感じました。

母のお墓参り

母のお墓の前ではきっと、思いが溢れて号泣するだろうな。

14歳のときに「お母さんに会いにいく」と決めてから、ずっとそう思っていました。そして、実際に伯父たちに案内してもらって母の眠る墓地に着くまで、そういう自分を想像して泣く準備もしていたんです。ドラマのワンシーンみたいに。

ところが、お墓に着くやいなや、伯父たちはみんな座りこんで、タバコを吸ったり、ぺちゃくちゃおしゃべりしながら大笑いをしたりと、井戸端会議を始めました。その姿がどうにも滑稽《こっけい》で、なんだかもう泣くような雰囲気じゃなくなってしまったんです。みんながあんまり楽しそうなので、僕ひとりだけ悲嘆に暮れるような世界に入りづらくなってしまいました。

そういうわけで、予想していたのとはだいぶようすはちがいましたが、無事にお墓参りをすることができました。

母が眠るのは、ブローハン家先祖代々から続く、レンガづくりのなかなか立派なお墓です。ブローハン家はキリスト教で基本的に土葬なので、かなり大きなお墓でないと遺体を

母のお墓の前で

納められないんです。

お墓には埋葬された人の名前を刻んだパネルが貼ってあって、母の「メリージェーン」のパネルもありました。

そうそう、僕にはもうひとり弟がいたんです。ただ、その子は日本で生まれてすぐに亡くなったので、お母さんは弟の遺骨もいっしょにフィリピンに持ちかえっていて、いまはブローハン家のお墓にいっしょに入っています。「ショウタ」という名前だったんですが、パネルには「ＳＨＵＴＡ」と書いてありました。ローマ字をまちがって刻んでしまったみたいです。

お墓には、祖父母、母のきょうだいもいっしょに入っています。

先祖代々のお墓といっても、じつは曾祖父の代からです。というのも、うちはもともとは中国系で、曾祖父のときにフィリピンに移住してきたんです。そのとき、苗字も「チェン」から「ブローハン」に変えたそうです。ブローハンというのはスペイン系で、フィリピンでもめずらしい名前です。曾祖父にはスペイン人の血も入っていたので、その影響のようです。

僕の下の名前の「聡」は「ソン」とも読むから、もし苗字を変えないままいたら「チェン・ツォン」という発音で日本にいたかもしれない。そう思うと、ちょっとおもしろいですよね。

フィリピンには、うちのような中国系の人が多く、純粋なフィリピン人というのはけっこう少ないと聞いています。僕の場合は、下手をするとフィリピン人の血が入っていないかもしれません。スペインと中国と日本とちょっとイギリスも入っているようなことを聞きました。フィリピン国籍をもってはいたけれど、フィリピン人の血は入ってないという、なんだかなんでもありな状態です。

このタイミングで母に会いに行けたことで、最後の１枚のピースが埋まって、母と僕との絆が完全なものになった感じがしました。

暗中模索の日々

フィリピンでは、親族のみなさんに大歓迎をしてもらい、「お母さんに会いにいく」という14歳からの目標を達成することもできて、夢のように充実した楽しい2週間を過ごすことができました。

気持ちもすっかり晴れたので、これで心機一転、日本に戻れば仕事に再び打ちこめるようになると期待していました。

思えば、21歳でドコモショップに勤めるようになってからの数年は、人生初の挫折から「日本一になる」という目標を掲げ、それを達成するための努力を続け、結果、お客さんからもスタッフの人たちからも店舗からも派遣会社からも喜ばれるほどの実力がつき、「天職」と思うほどの状態まで仕事を極めたのに、今度はうまくいきすぎて、だんだん張り合いがなくなり、やる気をなくして落ちこんでしまうというアップダウンの連続。

そうして、目標とやりがいを失ってうつうつとした状況を、もうひとつの人生の目標であるフィリピン行きを実現することで打開できるのではないか、そう期待していたのです。

けれど、帰国して再び業務に戻ってみると、もとの状態に戻ってしまいました。

「なんとかしよう」と思って、自分の成績だけでなく、店舗全体の売上を上げようとか、スタッフを育てようとか、いろいろ目標を変えてやってはみるものの、どうしてもやりがいを感じられない。ならば、オン・オフのメリハリをはっきりさせて気持ちに気合いを入れようと、仕事のない日は自分のやりたいことのために使おうと思うのに、それまで貯めてきたお金はフィリピン旅行に使ってしまって、自分のために費やせるものは何もない状態。もはやなんのために働いているのかもわからなくなってしまいました。

それからの約2年は、ただただひたすら日々を過ごすという感じでした。

そういう状況が続くうちに、「このままではダメになる」と強く思うようになりました。

そして、そういうひどい状態の自分を立て直すためには、荒療治が必要だと思い、「26歳の３月で仕事はやめる」と決めました。

「やめたら変わる」

そう思ったんです。


実際に会社をやめるまでに、その先のプランをいくつか考えました。

ひとつは、治験ボランティアです。

治験とは、国の承認を得るために新薬の安全性や有効性を確認するために行う臨床試験のことで、その試験に自分の意思で参加して実際にその薬を試す人のことを治験ボランティアといいます。

ボランティアといっても有償で、協力費としてお金をもらえます。相場は海外だと１カ月で１００万円ぐらい、日本でもだいたい10万円から20万円ぐらいになると聞いたので、

「それでしばらくは生きていけるなぁ」と思ったんです。

ところが、いざ、治験モニターとして登録しようとしたら、向こうから断られてしまいました。「祖父母の代から日本人の血だけ」という人でないと、データが狂ってしまうんだそうです。要は、「親の片方が外国人だとダメ」ということです。


もうひとつ考えていたプランは、ハウスクリーニングの仕事です。

自分の部屋を掃除するのは面倒だけど、仕事として、人の家をきれいに掃除するというのはすごく楽しいなと思ったんです。汚かったところをピカピカに磨き上げてきれいになると、お客さんにすごく喜んでもらえるし、自分も満足だし、しかもお金もいただける。これはいい仕事だなと思いました。

ハウスクリーニングの会社に登録していたのですが、自分でお客さんを直接取ることができれば個人でもできる仕事だと思ったので、いずれ独立しようと考えていました。ところが、登録していた会社が、人を雇うことができなくなってしまい、結局この計画も頓挫してしまいました。


アップダウンの激しかったドコモでの5年間のあと、新たにやろうとしたことが、ことごとくうまくいかなくて、なんだかすごく疲れてしまいました。でもそれと同時に、「やっと変われる」という解放感もありました。

なんだかバーンアウトのような状態になり、それ以上は職探しをする気にならず、家にひきこもってしまいました。


ひきこもり状態が1カ月ぐらい続くと、さすがに自分でも「やばいな」と思うようになりました。それで「とにかく外に出なきゃ」と、思いきってヒッチハイクの旅に出ました。前回の友人とのドライブの旅は北でしたが、今度は南、ひとりでヒッチハイクしながら熊本まで。

怖い人、冷たい人にも会いましたが、それでもいろんな人の親切に助けられたおかげで、東京を出発して3日後には熊本に着きました。熊本で気ままに過ごし、そしてまたヒッチハイクをして、東京に戻ってきました。

［コラム］言われてうれしかった言葉、嫌だった言葉

●うれしかった言葉

"I love you. I miss you. I need you."

母がずっと言ってくれた、母からの愛を感じる言葉です（→34、84ページ）。

「よくがんばったな」

中学2年生のときの担任の先生が、卒業間際に言ってくれた言葉。うれしくて感極まってしまいました。というのも、第3章に書きましたが、中学2年生で母を亡くしたときも、僕はそのことがなかったように毎日を送り、学校の先生にも施設の職員さんにも友だちにも、自分の気持ちを言っていなかったんです。それにもかかわらず、卒業間際にこのように言ってくれ、自分のことをつかず離れず、そっと見守ってくれていた大人がいたんだなと感じました。

「聡くんが言っていた〝あんな人たち〟って、じつは社会や誰かを支えているんだよ」

施設の新人職員さんに言われた言葉。高校から帰りの電車で、疲れて覇気のないサラリーマンたちを見て、僕が「あんな大人にはなりたくないよねー」と言ったときのひと言です。この先生は、ふだんはおどおどしていて、話しかけられるときも気を使っているような方でした。そんな、いつもなら僕の言うことに共感してくれると思っていた人の言葉だったからこそ、いまだに心に残っています。

「帰ってきたくなるような家にしたい」

付き合っている彼女に言われた言葉です。僕にとって「家」は、帰って休息をとり、寝るだけの、いわゆる「休むときに雨風をふせいでくれる場所」でした。幼い頃から「家」を転々としたり、いっしょに住む人が変わることが当たり前だったので、それ以上の意味はなかったんです。だから、「帰ってきたくなるような〝家〟をつくりたい」という言葉は、どこかふしぎで新鮮でした。家族という言葉からはるかに遠かった自分が「家」＝「家族」という認識をもち、それを自分で新しくつくってもいいのだと思えるきっかけになりました。

施設にいたときにもらった誕生日の手紙

施設にいた8年間、誕生日を迎えると、バースデーフレンドさんと施設の職員さんからお手紙をもらっていました。バースデーフレンドさんというのは、誕生日のときに手紙をくれる支援者さんのことで、毎年、同じ支援者さんが同じ子どもにお祝いのお手紙をくれるんです。僕は虐待によって幼少期の記憶が抜けているのと、小さい頃の写真は少なく、親との思い出も少ないからこそ、大人になったいま、文字での手紙や当時の様子が残っていることが貴重で、うれしく思っています。こういった手紙などは、いまでも大切に保管しています。言われてうれしかった言葉とは少し違いますが、僕にとって大切なものです。

●嫌だった言葉

「あなたのため」

「あなたのために言ってるの」「あなたのためを思って〜」という言葉は、きまって僕自身のためではなく、それを言っている大人や施設にとって都合がいいようにするためでした。逆に言うと、僕がしたこと、しようとすることがそういった人や施設などに都合が悪いときに、このように言われました。

「（あなたのこと、気持ち）わかる」

〝ふつう〟の家庭に育ち、習い事も経験して大学まで不自由なく行っていた職員の先生からこう言われたとき、「俺の気持ちの何が〝わかる〟のか」と思っていました。この言葉は、いまでも引っかかることがあります。くわしくは第8章「『当事者』として生きていく」の「『わかる』ではなく『寄りそう』」（↓214ページ）に書いたので、よろしければご覧ください。施設の職員さんは、当時は学校の先生のような、友だちのような、近所のお兄さんお姉さんのような存在だったので、逆に距離間が難しいなと感じていました。

第7章　過去との対峙

尊敬できる大人たちとの出会い

ドコモに勤めていた頃のことです。叔母の家から遠い店舗に派遣されていたことがあるのですが、そのとき、たまたまショップの近くに菊池《きくち》真梨香《まりか》さんという方の家があって、よく泊めてもらっていました。

菊池さんは養護施設の元職員で「OUR《アワー》 VOICE《ボイス》 OUR《アワー》 TURN《ターン》 JAPAN《ジャパン》～僕らの声を届けよう～」という活動の創立者です。これは、児童養護施設や里親家庭で育った若者たちの声を社会に届けるプロジェクトで、カナダの活動をモデルにしています。

菊池さんとは、高校３年生のときに参加したブリッジフォースマイルの「すだちプロジェクト」（→１３８ページ）の同窓会で仲良くなった女の子をとおして知り合いました。すだちプロジェクトは、施設を出たあと自立するのを助ける6カ月のプロジェクトです。

この女の子は、のちに、養護施設などを退所した子どもたちのアフターケア支援をしている「ゆずりは」の代表の高橋《たかはし》亜美《あみ》さんのことも紹介してくれました。

しかも、僕がはじめて「ゆずりは」に遊びに行ったときに、偶然、「LEELA《リーラ》・corporation《コーポレーション》」代表の佐東亜耶《さとうあや》さんとも出会いました。佐東さんは、子どもたちのために持続可能な社会を築くことは大人の最低限の義務であると考え、フェアトレード商品をはじめ、イベントや活動などをとおして未来をつくる選択肢の提案をしています。

菊池さん、高橋さん、佐東さんは、いま僕がもっとも信頼する方たちです。その３人の方たちと出会うきっかけをすべてつくってくれたのはその女の子だと思うと、彼女もまた僕にとっての陰のキーパーソンといえるかもしれません。


さて、僕が菊池さんのところに泊めてもらう日は、だいたい22時ごろに菊池さんの家の近くで待ち合わせていっしょに帰り、いろいろ話しこんで24時ぐらいに「じゃあ、おやすみ」となるのが日課でした。このとき菊池さんは、ちょうどＯＵＲ ＶＯＩＣＥの活動を始めようとしているところでした。菊池さんはＯＵＲ ＶＯＩＣＥのために資料を作成したり、これから活動をどう展開していったらいいかということを考えたりして、毎晩、３時頃まで仕事をしていました。そういう背中を見ているうちに、

「応援したいな。自分だったらどんなことを手伝えるかな」

と考えるようになりました。

そんなことから、養護施設出身者として社会的養護の当事者活動に携わるきっかけを探してはいたのですが、ドコモショップに勤めている間は忙しくて、実際にはなかなかお手

伝いをするのが難しい状況でした。

ドコモの仕事にだんだん迷いを感じるようになったのには、もしかしたら、当事者として自分のやるべきことがほかにあるのでは、という思いが潜在意識のなかで大きくなりはじめていたこともあるかもしれません。

その後ドコモショップをやめ、ヒッチハイクの旅で仕切り直しをしたあとの2018年5月から、菊池さんが代表を務めるOUR VOICEの活動を手伝うようになりました。

「本当の家族」とは

OUR VOICEでの活動を始めたとき、僕はまだ新しい仕事を見つけていませんでした。だから、活動は楽しくて忙しくしているのに、お金はどんどん出ていく一方で、貯金がもうすぐ尽きてしまうという危機感がありました。

活動をしているときは気持ちが高揚してハイの状態。でも、家に帰って先行きを考えると気持ちが落ちこんでうつの状態。1日のなかでも気持ちのアップダウンが激しく、心が不安定になりました。

次第にうつの状態のほうが長くなってきて、

「どんどんお金がなくなって、そのうち叔母さんにもお金を渡せなくなってしまうかもしれない。そうなったら、これまでお世話になったお礼もできなくなってしまう。そんな自分は生きている価値なんてあるのかな」

という思いにとらわれ、お金がなくなっていく自分が無価値な存在に感じられてきました。

僕は本当は、心の奥底では喉から手が出るくらい、子どもの頃からまわりのみんなのような「家族」がほしいと思って生きてきたんです。でも、母の立場を考えるとそんなことは言えませんでした。そういう願いにふたをして現状を受け入れ、あきらめるのが当たり前になっていました。

だから、叔母の家族といっしょに暮らしはじめたとき、すごくうれしかったんです。叔母には娘がふたりいて、僕がいっしょに暮らすようになってから、さらにもうひとり女の子が生まれました。３人とも本当の妹みたいな存在ですが、とくにいちばん下の子は生まれたときからいっしょだから、僕にすごくなついてるんです。僕が寝ると必ず髪の毛を引っ張ったりしていたずらしてくるのが、すごくかわいいんですね。

だから、いつか本当の家族になれる、憧れていた「家族」をもてると、とても期待していたんです。

けれど、いっしょに暮らすようになって何年経っても、日常のふとした瞬間に、「自分は家族の輪よりほんのちょっと外にいるな」と感じてしまう瞬間がありました。

自分も家族の一員としてそこにいるはずなのに、でも、いない。

そういう距離を、いっしょに暮らしているからこそ感じて、かえって寂しい思いをする。そんな、これまでに経験したことのないような感情が芽生えてきたんです。

叔母は長年、母親がわりをしてくれていたし、いっしょに暮らすようになってからは「もうあなたを息子と思うよ」と言ってくれています。でも、当たり前のことかもしれませんが、やはり叔母にとって僕は「本当の息子」ではなく「息子同然の甥っ子」なんですよね。

わかっていても、寂しい。

そこにお金のことも重なって、気持ちの晴れない日が続きました。

生まれてはじめて発信したＳＯＳ

そんな日々が続き、どんどん気持ちは内側に向かってしまって、どこにも逃げられないような、もう何もかも投げ出したいような気持ちになってしまいました。

僕はずっと「大人」のことは心の底から信じられずにいたので、それまでまわりの大人に心の奥底の悩みを吐露したり、相談したりということはありませんでした。「大人」ではなく「人」として接してくれた施設の先生たちに対しても、悩みを本気で打ち明けることはなかったんです。

でも、ＯＵＲ ＶＯＩＣＥの菊池さんのことはすごく尊敬していたので、「この人ならわかってくれるにちがいない」という予感があったんだと思います。家族のことやお金のことなど、抱えていたモヤモヤを打ち明けました。

思いきって、菊池さんに電話したんです。

「しんどい助けてほしい」

と。

僕が、生まれてはじめて発信した「ＳＯＳ」でした。

それまでは、菊池さんに対してもずっと、

「いちばん下の従妹が本当にかわいくてしかたがない」

というような、家族へのポジティブな気持ちしか話していなかったし、菊池さんも僕のことを、団体のイベントを手伝ったり、お互いの引っ越しを手伝ったり、ふだんから夜通し仕事のことや人生のことを話したりするような、友だちであり弟でもあるような存在と思ってくれていたそうです。そして生い立ちに関係なくいつもまわりを明るくする人で、じつは僕が家族のことで悩んでいるなんて、菊池さんは夢にも思わなかったようです。

僕はそのとき駅のホームにいたのですが、電話で、

「遠くに飛んでいきたい。目の前の電車にふと飛びこみたくなった」

ということを言ったんです。そうしたら、菊池さんはすぐに、自分のいる最寄り駅と、僕がそのときにいた駅の両方から行きやすい駅を指定してくれて、そこまで来てくれました。僕がお金がないと言ったので、改札を出ないですむように、改札を入ってホームまで。

僕は菊池さんに、

「来てくれてありがとう」

と言ったあと、うまく言い出せず、何度も吸った息を飲みこみました。菊池さんは「大丈夫?」と聞いたあと、僕が言い出すのをじっと待ってくれて、それで僕はためらいなが

ら少しずつ、いまの自分のこと、思っていることを話しました。ぽろっと弱音が出ると、そこからはもう止まらなくて、電車から降りてくる人の目も気にせず、泣きながら全部を吐き出しました。菊池さんは、

「話してくれてありがとうね。ひとりで考えなくていい。安心してほしい」

と、僕の心に寄りそい、包みこむような言葉をかけてくれ、そして、ホットミルクティを買ってくれました。

僕はその言葉の優しさとミルクティのあたたかさに、ひとりでずっと抱えてきたものの重みを、はじめて人に理解してもらえたような気がしました。すべてを打ち明けると、なんだか肩に乗っていたものが全部落ちて、すごく軽くなった気がしました。

菊池さんは僕の話を聞いて、おそらく僕にはもっとサポートが必要だと考えてくれたんだと思います。「ゆずりは」の高橋亜美さんと「LEELA corporation」の佐東亜耶さんにも呼びかけて、すぐに4人で会う機会をつくってくれました。

菊池さんと高橋さん、佐東さんも、以前からの知り合いだったんですね。

高橋さんと佐東さんのことは、これまでのやりとりから、菊池さんと同じように「本当に信頼できる人たちだ」となんとなく感じていたので、「大丈夫。この人たちなら本音を

すべて話せる」と思いました。

それで、菊池さんにはすでにお話ししていた「家族の距離感」やお金に関する悩みに加え、過去のことや仕事のこともあって「変わりたい」「変わろう」と思っていることなど、思いの丈を洗いざらい語り、聞いてもらいました。

菊池さん、高橋さん、佐東さんは、僕の話を親身に聞いてくれて、「これで気持ちが少しラクになるなら」とお金の援助も申し出てくれました。

僕はずっと「自分ひとりでなんでもやっていく」「やっていかねば」と思って生きてきました。でも、このときはじめて「人に頼る」ことができた。

それはつまり、人間不信だった僕に「信じられる大人たち」ができたということであり、僕にとってとても大きな変化でした。

さらに、そのあと、佐東さんと佐東さんのご主人と3人で食事をする機会がありました。

そのときご主人から、

「家族のために、というのは、家族のせいにしている、ということでもあるよ」

と言われて、ハッとしました。

たしかに自分の気持ちのなかで、

「これまでお世話になった叔母さんのためにがんばってお礼をしたい」

というのが９割だけど、１割くらいは、

「叔母さんのせいでがんばらなきゃいけない」

という思いがあったかもしれない。そういう自分自身の思いが、叔母と本当の家族になれない原因のひとつだったのかもしれない。

そう思いました。そのときから、

「いずれ叔母さんの家を出て、自分の本当の家族を見つけよう」

と考えるようになりました。


悩みや苦しみを言葉にし、それを誰かに聞いてもらって、自分にはない視点からのアドバイスを受ける。

最後に決めるのは自分自身であっても、誰かに伝えることで、悩みや苦しみは、ただ悩ましかったり苦しかったりすることではなくなるような気がします。

そして悩みや苦しみを含めて「僕というひとりの人間」としてまわりから受け入れられることで、悩みや苦しみも大切な自分の一部だと認められるようになる。

少なくとも僕は、ＳＯＳを出せたことで、ひとりでは処理できずに心にたまりつづけていた負のエネルギーを一気に解放することができました。気持ちがスッキリとして、まるで生まれ変わったような気分になりました。

「ブローハン・ブランド」という唯一無二の資格

気持ちが再び前向きになったことで、社交的で活動的な自分が戻ってきました。そこで、「ラブ×ポーカー」というテレビ番組のオーディションを受けたら、うまくいって出演することになりました。

これは10人の男女が「海の家」でアルバイトをしながら相手を探す恋愛リアリティー番組。2018年7月~9月までMixchannelアプリ内で放送されました。再生回数100万回を突破して割と話題になりました。

ちょうどこの頃、フリーでやっているモデルの仕事もうまくいきはじめ、いろいろ声をかけていただくことが多くなりました。そうしてモデルとして撮った写真は、楽天やZOZOTOWNなどのページに載っています。

さらに、当事者活動を始めたことで、テレビなどいろいろなメディアのインタビューを受けるようにもなりました。

２０１８年の船戸《ふなと》結愛《ゆあ》ちゃん（当時５歳）、２０１９年の栗原《くりはら》心愛《みあ》ちゃん（当時10歳）など、近年、虐待による子どもの死亡事件が急増していることから、児童虐待を扱ったニュースや番組も増えています。でも、社会的養護下にいたということをカミングアウトする当事者は少ないため、僕に声がかかるようになったようです。僕はタレントやモデル業をしているので、メディア出演の依頼をしやすいというのもあるのかもしれません。

理由はともかく「これは自分の需要があるということだな」と思いました。

19歳のときに就職した病院から看護師の資格を取るよう強要されましたが、そのとき、「資格がないと生きづらいよ」「あったほうが断然有利だよ」と言われました。でも、それに対してすごく違和感があったんです。

「資格でしか認められない社会って、なんなんだろう」

と、すごく疑問に感じました。

それで、看護師の資格は結局取れませんでしたが、「自分なりの資格を取ってやる」と心に誓ったんです。

それからドコモで働きはじめて全国で営業売上1位になったときに、

「このまま1位を取りつづけたら、ある意味、『ブローハン・ブランド』ができるな」

と思いつきました。

実際、どこのショップでも引っ張りだこの状態になったので、

「ほかの人にできないことができる自分。そういう自分の存在こそが、この世にただひとつの資格だ」

と思うようになったんです。

さらに、タレントやモデルの仕事もやってるうちにうまくいきはじめたので、

「これはもう、いろんなものを資格と呼べるな」

と思いました。

「ブローハン・ブランド」は、「資格至上主義」のような世の中に対する僕なりの抵抗といえるかもしれません。

そして、26歳から始めた社会的養護の当事者活動もまた、僕だからできることであり、これもあらたなブローハン・ブランドのひとつだと思っています。


僕にとっての第1の人生は幼少期。この時期は誰でも親の影響を大きく受けるので、「親の人生」とも呼んでいます。そのあと施設で過ごした人生もまだその続き。たしかに施設に入ったことで虐待からは逃れられましたが、それまでも虐待を避けるためにしょっ

ちゅうよそに預けられていたので、施設の入所も僕にとっては住む場所が変わっただけという認識です。

だから、施設を出てからが第2の人生です。施設を巣立つ子どもたちのほとんどは親や家族など頼るものがなく、自分の力で社会に漕ぎ出していかなくてはいけません。僕も、「ここから自分の道を生きよう」「生きるんだ」と思いました。

そして、ブローハン・ブランドを掲げて生きると決め、過去と決別し社会的養護にかかわる当事者活動を始めた26歳からが、僕にとって第3の人生です。

施設卒園者に居場所を

少しさかのぼりますが、２０１８年5月19日に開催されたＯＵＲ ＶＯＩＣＥ の会には、僕がいま勤めている「コンパスナビ」の人も参加していました。

コンパスナビは、社会に巣立つ青少年が公平なスタートラインに立つ機会をつくりたい、という想いから生まれた一般社団法人で、運転免許資格取得支援、さらに埼玉県から事業を受託して、巣立ち支援、就労支援、住居支援などを行っています。

その頃のコンパスナビは、おもに施設の子たちの就労支援を行っていたのですが、施設を卒園した子たちとなかなかつながれない、つながってもそのあと関係が切れて十分にサポートできない、という問題を抱えていました。それで、当事者の子たちが集まるOUR VOICEの会に参加するようになったそうです。

会に参加したことをきっかけに、コンパスナビでは「当事者のコミュニティをつくろう」という考えが生まれました。その案にOUR VOICEの人たちも賛同し、そこにいろいろな人がかかわって、社会的養護出身の若者たちがつながることで、施設を卒園した子たちへのアフターケアが途切れず続くように支援しあう「wacca《ワッカ》」というプロジェクトが立ちあがりました。

waccaでは1カ月に1回ミーティングを開いて、参加者に交通費と夕食を提供しています。僕もその交通費とご飯とを半分目当てに参加するうちに、改めてコンパスナビの人と知り合うことになりました。

コンパスナビでは、社会的養護下にいる子どもたちへの支援活動をさらに広げ、児童養護施設に卒園者たち（先輩）が遊びに行き、後輩の子たちに「お金」のセミナーをしたり、料理教室を開いたり、よしもとの芸人さんを招いて笑いによるコミュニケーション講座を開催したりもしています。

　僕は２０１８年７月からアルバイトとして、そうした活動のお手伝いするようになりました。

　また、コンパスナビが埼玉県から委託された業務に、県の児童養護施設の先生や園長さんなどに「施設で働くというのはどういうことか。どんな気持ちや思いでやっているのか」ということを取材して、それを県のホームページや施設のホームページをとおして、新しく先生になる人たちに伝えるという仕事がありました。

　僕は同年11月から翌年の２月まで、コンパスナビの人といっしょにフリーランスとして、その取材も担当するようになりました。


　ちなみに、コンパスナビの設立母体は、運転免許合宿教習のあっせん販売事業を営んでいる、株式会社インター・アート・コミッティーズ（ＩＡＣ）です。まるで畑ちがいのようですが、設立の経緯はこうです。

　ＩＡＣは以前から、せっかく合宿をしたのに、いざ決済になると費用を支払うことができず、運転免許取得を断念せざるを得ない若者に何度も出会ったそうです。それで調べてみると、「子どもの貧困」の問題に行きついた。

そして「施設にいる間にアルバイトで貯めたお金は、卒園したあとの住居の準備や当面の生活費に充てなければならないから、就職に有利になるとわかっていても自動車運転免許の取得にまとまったお金を充てることができない」という声を児童養護施設でたくさん聞くうちに、「事業者として、そういう社会的養護を必要とする子どもたちが運転免許を取得できるよう助成制度を立ち上げよう」ということになったのだそうです。

運転免許証は運転資格だけでなく、それ1枚で身分証明として使うことができるので、若者の未来を具体的現実的にサポートすることができる。

事業者としてのそういう自負もあったようです。

その後、運転免許取得の助成を皮切りに、社会的養護から巣立った若者への安定した支援や住居の支援など、事業を展開したのです。

ご興味のある方は、コンパスナビのウェブサイトをぜひのぞいてみてください。

義父との再会

いろいろなことが軌道に乗りはじめたこの頃、テレビ番組の出演依頼が舞いこみました。この本の冒頭で、義父の山田さんと再会したエピソードをお話ししていますが、じつは、そのきっかけをつくってくれたのがこの番組のプロデューサーさんです。

番組のコンセプトは「若者が訴えたい世界一小さなデモを取り上げるデモバラエティ」。児童養護施設出身者の声を取り上げる回で、僕に出演の依頼があったんです。

打ち合わせで僕の生い立ちについて話をしていると、プロデューサーさんから、

「じゃあお義父さんに会いに行く？」

と提案がありました。正直迷いましたが、もともと14歳のときに「いつか絶対に会いに行こう」と決めていたので、この「いつか」は「いま」かもしれない、と思って、会う決心をしました。

それまで「いつか行く、いつか行く」とずっと思ってはいたけれど、自分からはなかなか思い立つことができなかった。そのチャンスが突然目の前に現れてちょっと戸惑いましたが、これがタイミングなんだと思いました。

山田さんの家の場所をまだ覚えていたので、事前に連絡は入れずに直接訪問すると、奥さんらしき女性が出てきました。フィリピンの人だとすぐにわかったので、タガログ語で、

「僕は昔ここで育った子どもで、母は亡くなったけど、山田さんに会いに来たんです」

と話すと、ある程度事情を知っていたみたいで、山田さんの携帯番号を教えてくれまし

た。

山田さんとは、11歳で別れてから15年間会っていません。その15年の間に、僕は活動的でポジティブな人間になり、仕事で高く評価され、いろいろなことを発信するような立場にもなって、自分に自信をもつようになっていました。

ところが、です。

「おいっ」

電話に出た山田さんの第一声を聞いた瞬間、この15年間がなかったかのように、一瞬で11歳に戻り、「ウウウッ」と骨の髄から震えた自分がいました。

全身の筋肉がすべて収縮して自分がシューッと縮んでしまったようなあの感覚は、本当にいま思いかえしてもふしぎです。自信に満ちたいい大人のはずだったのに、たった一声を聞いただけで、幼い自分に戻って震えてしまうなんて。

11歳までの僕にとって、山田さんは自分を支配するいちばん大きな存在でしたが、施設で平安を取り戻してからは、その影響を感じることなく生活をしてきたつもりでした。でも、じつはずっと心を支配しつづけるほど恐怖の対象だったんだと、このとき、改めてわかりました。

でも、なんとか気持ちを立て直して、

「会いたい」

と伝えました。山田さんのほうも最初はすごく警戒していて、

「なんでいまさら会いに来るの」

と渋っていたので、

「自分の昔のことを知りたいんです。本当に何があったのかを聞きたいんです」

と食い下がりました。

そうして、電話で30分ほど話していると、山田さんが「なんかスッキリした」と言ったんです。

「もう二度と思い出したくないから自分のなかで封印していたことだったけど、話していたらスッキリしてきた」

そう言いました。そしてどうやら気持ちが落ちついたらしく、１週間後に会う約束を取りつけることができました。

再会までの１週間は、とくに悩みませんでした。いまさらもう悩んでもしようがないと思ったんです。

心の支配からの解放

再会の当日、まず山田さんの家で話をすることになりました。玄関を上がるとすぐ右側にイエス様の像が置いてあり、その側に僕の母の写真が飾ってありました。

それを見た瞬間、「写真を大事に取っておいてくれてるんだ」と驚きました。そして「山田さんも過去のことをいろいろ考えてたんじゃないかな」という思いが湧いてきました。

「お母さんのことを許せない部分もあったかもしれないけど、それでもなお、お母さんのことを大事に思ってくれていたのかもしれない」と。

そうして思い出してみると、母が亡くなったときに、山田さんは叔母経由で母の遺品を返してきてくれました。それはつまり、母がフィリピンに帰ってから山田さんのクレジットカードを好き勝手に使い、それに対して山田さんは腹を立てていましたが、それでも、母のものは捨てずにいてくれたということです。

そう思うと「なんかもういいや」という気持ちになりました。

それから山田さんとフィリピンの女性と３人で近所の焼肉屋に行き、食事をしながらさらに話をしました。そのとき、本書の冒頭でお話をした「俺は悪くない」発言が出たんです。

結局、山田さんは、自分も虐待されていたから、自分のしたことがそんなにひどいことだとは思っていないんだと思います。それどころか「そうさせたまわりが悪い」くらいにしか思っていない。

そういう器の小さな人物だったということに気づくことができたのは、やはり僕がこの15年間にいろいろな経験をして、たくさんの人と出会ってきたおかげでしょう。

それと同時に、「いろいろあっても、そういう山田さんがお母さんのことは大事に思っていてくれたんだ」ということを実感できたこともよかった。

起こった過去の事実はずっと変わりませんが、その過去のもつ意味は、自分のなかでどんどん変わっているんだな、ということを感じました。

「いまの自分にとって、山田さんはもうどうでもいい」

そういう境地になれたことで、僕の義父への執着は終わり、僕を支配していた過去もなくなりました。

あと残っているのは、本当のお父さんの石橋さんに会いにいくこと。それで14歳のときに誓った「過去の清算」をすべて果たすことになります。

［コラム］児童養護施設と里親、どちらで育つのが幸せ？

「施設より里親のもとで育つほうが幸せだろう」

おそらく、多くの方がそのように考えるのではないかと思います。

ですが、実際に施設で育った僕からすると、「施設より家庭のほうがいい」とは一概にいえないと思っています。

「施設での生活は楽しかった」

「安心だった」

そのように感じている施設出身者は僕だけではありません。

じつは国は、「集団生活では家庭を感じるのが難しい」として、里親の割合を欧米並みに増やすことを目指しています。厚生労働省は2018年に各都道府県に対して、社会的養護の必要な6歳以下の未就学児を里親のもとで育てる割合を7年以内に75％に、就学後の児童は10年以内に50％に、それぞれ引き上げるよう求めました。その実現のために、里親の発掘や支援する機関をつくって支えていくことも打ち出しています。また、特別養子縁組の成立件数も5年間で現在の2倍の1000件にするという数値目標も掲げています。

このように、国の方針として「施設から家庭へ」の流れを加速させようとしていますが、僕からすると、ただ海外のまねをしようとしているだけのような感じがして、ちょっと心配になります。

たとえば、社会福祉の先進国であるアメリカでは国民の75%が社会的養護を理解しているといわれます。そのため、社会的養護の必要な子どもの約8割は里親のもとで育てられ、施設で育つのは2割程度と、日本とはちょうど逆の状況です。

海外に比べ日本に児童養護施設が多いというのは、それだけノウハウがあり、また社会にもなじんでいるということです。ですから、日本がただ海外をまねて家庭養護だけを推進するのではうまくいかない気がします。施設養護と並行して取り組んでいくのが、日本の現状に沿っているのではないかと思います。

かつて児童養護施設は「孤児院」と呼ばれ、厳しい規則で子どもたちを縛りつけ、大人が子どもたちを支配していたような時代もありました。そのため施設についていまだに「少年院」のようなイメージをもっている人がいらっしゃるのも、しかたのないことかもしれません。実際、僕が施設出身者だとわかると「かわいそう」というイメージをもつ方も少なくありません。

でも、それは大きな誤解です。

いまは、ほとんどの施設が子どもたちの声をちゃんと聞き、子ども中心に考えて寛容に接しているので、多くの子どもたちはのびのびと暮らしています。いっしょにご飯を食べ、勉強し、テレビを見て毎日を過ごしています。一般家庭の子どもたちとなんら変わらないんです。僕のいた施設も、とてもいいところでした。僕の施設での経験をお話しすることで、児童養護施設に対するそうした偏見を少しでもなくすことができたらいいな、と思います。

また、里親になる人の多くは社会福祉の勉強をしているわけではないので、自分の育ってきた環境を里子にも伝えることになります。それが僕の義父の山田さんのようだったらと思うと、怖いなと感じます。

僕のいた施設で、フレンドホーム（↓97ページ）を利用していたヤス（仮名）という子がいました。ヤスは、フレンドホームに何回か行っていて、その家に引き取られるかもしれない、という話も出ていました。ヤスは施設から出たがっていたので、その話に希望を見出していたんです。でも、その家からは突然連絡が来なくなってしまい、話は立ち消えになりました。このことでヤスが傷ついたことは言うまでもありません。

中途半端にかかわると、それによってまた傷つく子が増えてしまいます。社会福祉や施設にいる子どもたちについて知識のない里親が増えることで、そういった問題は増えるでしょう。やみくもにただ里親を増やすのではなく、そういった問題を想定したうえで制度をつくる必要があります。

僕自身は、里親を知らないから言えることかもしれませんが、

「施設でよかった」

と、本気でそう思っています。

第8章　「当事者」として生きていく

「かわいそうな子」も「感動話」も願い下げ

「義父という過去」から解放され、前に進めたことで、これからは「自分らしく当事者活動をやっていくんだ」という覚悟のようなものができてきました。

そうして、それまで以上に、社会的養護の支援や当事者活動をしているさまざまな団体の講演会に参加をし、勉強をしました。また、いろいろなＮＰＯの活動を見にいくことで、人とのつながりもどんどん増えてきました。僕自身が当事者であることで、すごくつながりやすいんです。団体側は、虐待を受け社会的養護のもとで育った子どもたちの経験談や意見を求めているので、需要があるんですね。

自分がその立場であることをよく理解したうえで、自分のほうからいろいろ出向いていくと、僕を必要としてくれる人たちとのつながりができ、その人たちからさまざまな活動の場を与えられることで自分の居場所がたくさん増えていく……そういういい流れのなかにいることを感じるようになりました。

その一環で、文化放送の「大竹まこと ゴールデンラジオ！」でも僕の話が紹介されました。このときは、事前に放送作家の方とお話をして、その方がまとめてくれた僕の人生のストーリーを、大竹さんが生放送で朗読してくれるという形式でした。

全部で1分ぐらいでしたが、大竹さんの優しい声で語られると、自分のことだけど自分のことじゃないようなふしぎな感覚になりました。また、プロの方が僕の話を編集をしてくれているので、自分では使わないような言葉や表現が含まれていて、「こういう言葉使い、いいな」とか「こういうふうにまとめるとスッキリするな」とか、すごく参考にもなりました。

番組をとおして、自分のライフストーリーを客観的に聞いたことで、14歳のときに思いえがいていたように、自分も「ハゲワシと少女」の写真のように誰かに影響を与えられるようになるかもしれないと感じました。

「自分が当事者として語ることもひとつの発信になるんだ」

そう確信するようになりました。

でも、だからこそ、気をつけていることがあります。

プロデューサーさんによっては、僕の話を聞く前から「こういうもんでしょ」とストーリーを押しつけてこようとする人もいます。番組の構成上「かわいそうな子」として描い

て、感動ものにしようとするんです。でも、僕はそういう売り方は嫌いです。だからはじめに、

「申し訳ありませんが、僕の考え方を話させてください」

とお願いをします。

生放送ならともかく、収録の場合には、一部の発言だけを切り取って使うことがあります。僕は端的に語るのが苦手で、つい説明が長くなってしまうところがあるので、カットされるのはしかたがない部分もあります。

でも、ちゃんと順番を経てその言葉を発しているのに、背景部分は全部カットして「そこだけ切り取るの?」ということがあるんです。そうなると、同じ言葉もまったくちがう意味になってしまい、誤ったメッセージとして伝わってしまう。

「そんなパワーワードだけ切り取っても、本当のことは伝わらないよ」

と思いますが、そうやって切り取られた言葉だけが自分の言葉として残ってしまう。だから、最初に企画の意図をよく伺って、出演すべきかどうか、判断するようにしています。

そうして選んで出演した番組でも、製作者側が「意図的にこういう答えを出させようとしてるな」というのを感じると、あえてそれには答えず、自分の言いたいことだけを答えます。何を聞かれても同じことしか言わなければ、どうカットしても結局その言葉を使わ

ざるを得ない状況になりますから。

それでもし製作サイドの人たちから「こいつはおもしろくない」と思われて、その後声がかからなくなっても、それはしかたありません。僕はタレントですが、この問題に関しては、ただ出演することに興味はないんです。つまらないと感じるのは向こうの都合であって、当事者である僕らは僕らでちゃんと考えて発信していかないといけない。

安易に切り取られた僕の言葉が、すべての養護施設出身者の言葉として受け取られたら、全体がそのイメージになってしまう。それはすごくもったいない。


僕はそのときに言いたいことを言っていますが、１カ月前と２カ月前とでは、内容がちがっていたりします。

でも、決してぶれているわけではなく、変化しているんです。

当事者活動を始めてから自分の過去を話すようになったことで、気持ちの整理がどんどんつくようになってきました。またそれと同時に、相手の反応を見ることで自分のことを客観的に見られるようにもなった。それでいまになって、

「自分はこういうふうに思っていたんだな」

と改めて気づくことがけっこうあるんです。

また、ほかの当事者の子たちと会うことで、自分とはまたちがう考え方を取り入れることもできるようになりました。

そうして多角的にものごとを見られるようになって、「また成長したな」と自分でも思います。自分と向き合うなかで、人とも向き合えているんだと思います。

自分が誰かの「きっかけ」になる

僕は24歳のときから、「子どもの貧困対策センター公益財団法人あすのば」という団体にかかわらせてもらっています。僕の初ＳＯＳを受け取ってくださった、高橋亜美さんが評議員として活動している団体です。

あすのばは、子どもの貧困の調査・研究を行って政策への具体的な提言を行ったり、全国の子どもの貧困支援者・団体をつなぐ活動を行ったり、社会的養護下にある子どもたちやひとり親の子どもたちに奨学金を給付するなどの直接支援も行っています。

僕は、ブリッジフォースマイルから、あすのばが主催する合宿キャンプの案内をもらって、はじめて参加しました。本当は学生向けのプログラムなのですが、なぜか僕にも案内が来たんです。

合宿キャンプは、夏と冬の2回。あすのばから奨学金をもらった子どもたちが、全国から100人くらい集まって、キャンプをしたりカレーづくりをしたりと交流をするプログラム。夏に参加するのは高校生・大学生で、そこでキャンプのノウハウを学んだ子たちが、冬に小・中学生も交えて、いくつかの班に分かれて面倒を見ながらキャンプをします。

あすのばのいいところは、学生理事を立ててその意見を中心にプログラムをつくるなど、子どもや若い人の意見がきちんと反映されているところ。

僕は、はじめは奨学金をもらった子たちといっしょに、ふつうにキャンプに参加したのですが、2018年からはスーパーバイザーという肩書で、運営側にまわって参加しています。

参加者のなかには、僕がスーパーバイザーになる前からいっしょにキャンプをしていた子たちもいますし、また年齢が近いこともあり、

「ブロ!」

なんて愛称で呼んでもらって、親しくしています。そんななかで、「Bro《ブロ》Kids《キッズ》」というLINEグループができたんです。

どんなグループかというと、みんなが、学校などでまわりになかなか話せないようなことを打ち明けたり、悩みを話したりするグループです。キャンプで班に分かれて、何日も

いっしょに過ごしていると、だんだんとそれぞれが深い話をするようになっていきます。深い話というのは、学校などでまわりの人に話しにくいようなこと。たとえば、やっぱり学校だと、みんな両親がそろっていたり、ほしいものを買ってもらえていたりして、そういう友だちには、なかなか自分のことって話せないんです。でもこのキャンプの参加者は、みんな家庭環境に問題を抱えている子たちなので、なんとなく打ち解けやすいというか、話しやすいところがあるみたいです。

これは、地方から東京に出てきた人が、同郷出身者を見つけるとうれしくなるといった感覚に似ている気がします。それぞれ細かいバックグラウンドはちがうんだけれど、重なる部分がある。そういったところから、話しやすさが生まれているのかなと思います。

僕は、人からいきなり距離を詰められて、自分の内側に入られるのはすごく苦手です。だから、キャンプで同じ班になった子たちにもいきなり根ほり葉ほり聞いたりするのではなく、まず僕自身の生い立ちや、いままでのことを話すようにしています。

そうするとほかの子たちも、自分からぽつぽつと話しはじめてくれることが多いんです。みんなが話をしやすくなるように、心がけています。

過去の話だけでなく、いまの自分の話もします。

いまどんな活動をしていて、こんなふうに人生を楽しんでいるよ。できなかったこともたくさんあるけど、好きな自分にはなれているよ。自分の輝く場所は、必ずしも仕事とは限らない。仕事がうまくいかなくてもいい。ほかの場所で輝くことだってできるんだよ、ということを伝えるんです。

これから社会に出ていく子たちに、不安もあるけれど、同時に将来が楽しみになってもらえたら。僕を見て、

「こんな未来があるんだ」

と、そういう希望を感じてもらえたら。そんな存在でいられたらいいなと思って、話しています。

そうすると、僕の話を聞いた子たちが、自分の話、それこそ不安や悩みを話しはじめるんですが、話しているうちに、どんどん変わっていくんです。自分の気持ちを整理できていっている感じというか。

そしてそれがきっかけで変化して、その変化を自分で確信して、

「こんなふうに変われた！」

と報告してくれる。それが、キャンプのときだけでなく、ＬＩＮＥグループのなかでつながって、その後の日々のなかで何かあると相談したり、悩みを打ち明けたり、またうれしいことがあったらそれを報告したり。

ＢｒｏＫｉｄｓは、班の子たちで話したのがはじまりでした。でもその子たちがほかのキャンプ参加者の子たちに、

「ブロと話したほうがいいよ！」

と僕のことを紹介してくれて、ＢｒｏＫｉｄｓはどんどん広がり、いまはひとつの「自分の不安や悩みを話せる場」、かれらの安全基地になっていると思います。

僕の「自分も誰かが人生を変えるきっかけになれたら」という思いは、ＢｒｏＫｉｄｓのみんなに出会い、叶えられました。

でも、同時にこうも思うんです。

「ブロさんのおかげで変われた！」

とみんなうれしそうに言ってくれるけれど、みんなが変わろうとしたから、変われたんだよ、と。

「わかる」ではなく「寄りそう」

ＢｒｏＫｉｄｓは、僕の夢を叶えさせてくれた、大切な存在。その一方で、当事者活動をしていて、ひとつわかったことがあります。

それは、「当事者だからわかる」というのは、必ずしもそうではないということ。

いま考えると傲慢なことなのですが、当事者活動を始めた頃は、

「当事者のことは、ほかの人はわからなくても、当事者である自分なら理解できる」

と思っていたんです。

でもいま現在、家庭環境などで苦しんでいたり、施設を出て社会人になって苦しんでいたりする人と話して、心情を聞いても、

「全然わかんねぇ!!」

となることもしばしばあります。

環境や生い立ちが人それぞれなのもありますが、それよりも、自分も似た道を通ってきたはずなのに、いまの自分はその状態からは脱しています。その頃の、誰にも頼れず、社会の支援のしくみやいろいろな権利のことも知らず、ひとりで苦しんでいた自分には一生戻れない。

だから、リアルタイムで苦しんでいる子に、なんと言ったらいいのか、わからなくなってしまったんです。

親にいつ殺されるかわからない、という環境にいる子に、いまの僕のことを話しても、あまりに状況がちがいすぎる。そんな子に、

「僕みたいにもなれるんだから安心して」

なんて、言えません。

そういった「わからない」という経験をしてから、相手の話にすぐ「わかる」と言ったり、答えやアドバイスをぽんと与えたりするのではなく、「寄りそう」のがいいと思うようになりました。

寄りそうというのは、「わからない、わかることができないと思いつつ、でも理解したいという思いをもち、相手の気持ちを大事にして、話を聞く」ということです。

「わかる」というのは、乱暴な言葉。コミュニケーションをとるという意思を示す、共感をあらわす、という点では大事です。でもたとえば、たいして深い話をしていないときに自分の深いところまで、

「わかるー」

と言われたときの不信感。そんな相づちを打ったら、きっとその子は「は？　何がわかんの？」と思って離れていってしまうでしょう。

人と人って、すべて交わることはできません。それぞれが生きていた時間、感覚は千差万別だからです。でも、何かしら交わる部分はある。たとえ浅いところだけだったとしても、必ず相手と気持ちが交わる、共鳴できる部分がある。

交わる部分は大きいかもしれないし、小さいかもしれない。
浅いかもしれないし、深いかもしれない。
その部分を見つけて、大切にする。

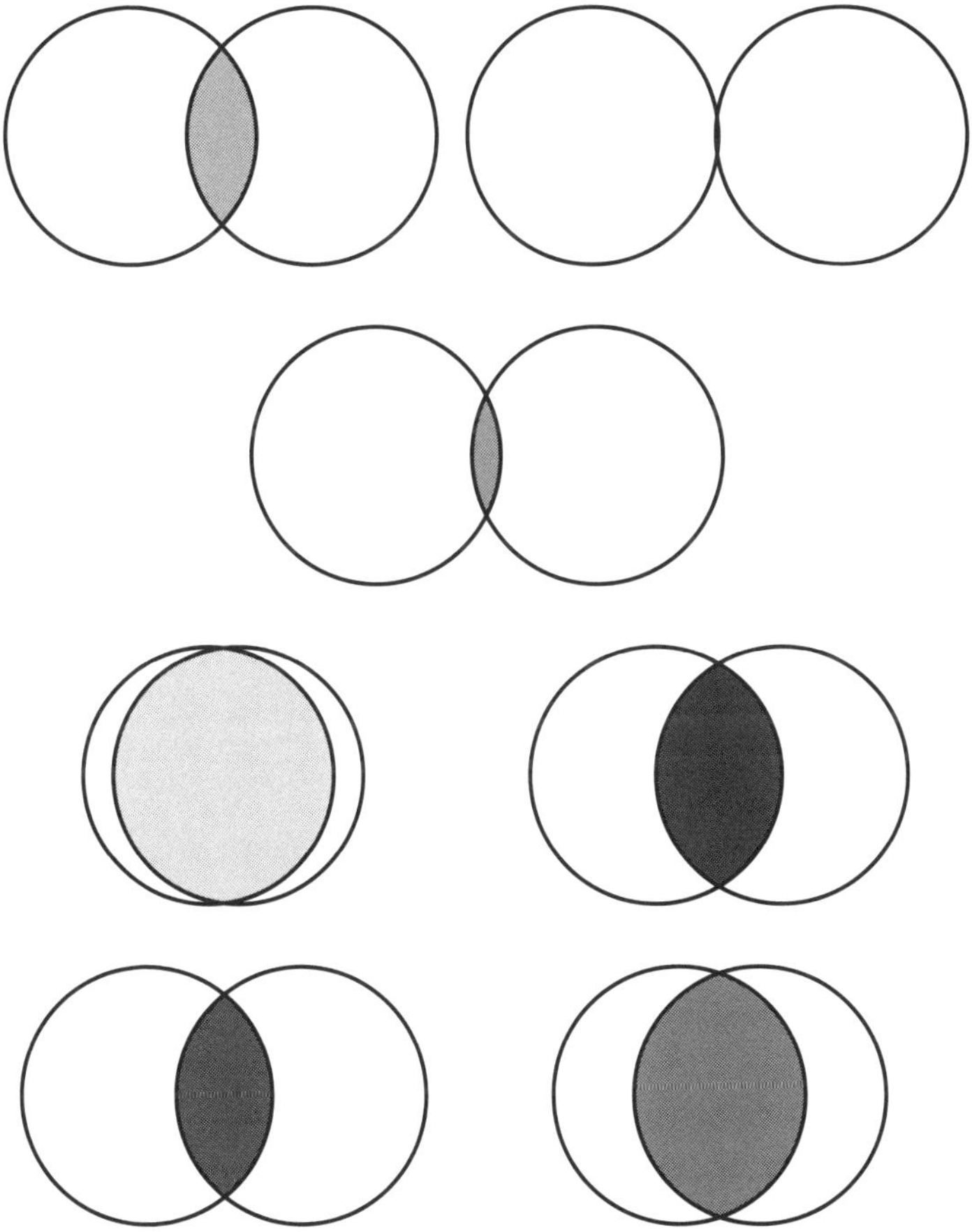

何かしら交わる部分を探していく

それを探しながら、でも自分から突っこんではいかずに、ゆるっとしたつながりをその子と築く。そのなかで自然と、共鳴できる部分を見つけていく。でもこちらからは触れない。じっと、みずからその扉を開けてくれるまで待つ。そうやって、交わる部分を大切にしていきたいと思うようになりました。

居場所事業の管理責任者に

いろいろな当事者活動のなかで、コンパスナビとのかかわりはずっと続いていました。そして、２０１９年６月、27歳で人生初の正社員として、コンパスナビで働くことになりました。

コンパスナビは２０１８年に埼玉県から「未来へのスタート応援事業」を受託したことで、児童養護施設や里親など社会的養護から巣立つ子どもたちの総合的な支援事業を開始しました。

施設出身の子どもたちは頼れる親族もほとんどいないため、住居費や生活費を自力で用意しないといけないのに、施設出身ということで勤務先や住居を探すのが困難なケースもある。そこで、住宅や就労などもあわせて支援していくことになったんです。

そして、２０１９年７月に埼玉県の「児童養護施設退所者等アフターケア事業」を受諾し、社会的養護を巣立った若者たちの居場所事業「クローバーハウス」の施設運営に着手しました。

そして、その「クローバーハウス」の管理責任者を僕が務めることになりました。

施設など社会的養護出身の子どもたちの多くは、社会に巣立つときにひとりでの生活を余儀なくされます。

クローバーハウスは、そうした子たちが集える「居場所」や「交流場所」として、また悩みやさまざまな相談を受ける「相談場所」として展開。みんなで夕食をいっしょに食べたり、ゲームをして団らんしたり、また、料理や金銭感覚を学ぶ講座やイベントを開催したりして、孤独感や不安を抱えている若者の心のよりどころになることを目指しています。また、地域とのつながりも考えて、たとえば、調理を担当してくれるボランティアの募集などもしていきます。

僕は、クローバーハウスを、頼る先のない子どもたちや若者たちが安心できる居場所にしたいと思っています。施設を出てからも曲がりなりにやってきた僕だからこそ、できることがあると自負しています。これもまたブローハン・ブランドのひとつ。ブランド名に恥じないよう活動を続けていきます。

YouTubeでの当事者活動

当事者活動をするようになってつながった人たちのなかで、とくに意気投合したのが、映像作家・絵本作家の西坂來人《にしざからいと》さんと、保育士で、かつ児童養護施設出身者に成人式の記念撮影をプレゼントする「ACHA《アチャ》」というプロジェクトの代表の山本昌子《やまもとまさこ》さんです。西坂さんは少年期の一時期を、山本さんは生後4ヵ月のときから卒園するまでを、それぞれ施設で過ごしています。

西坂さんとは、wacca の活動で出会い、30分くらいしか話さないのに、すぐに打ちとけました。

山本さんとは、先にもお話をした2018年5月19日の OUR VOICE の会（→191ページ）で出会いました。OUR VOICE のなかに「パフォーマンス部門」というのがあって、その会に、着物ショーで山本さんが、弾き語りで僕が出演することになったのをきっかけに、話すようになりました。

山本さんも wacca の活動に参加していたので、wacca で3人そろうと、自然にそのあとご飯を食べたり飲みに行ったりすることが多くなりました。そうして当事者活動

YouTube番組「THREE FLAGS」を配信する
（左から著者、山本さん、西坂さん）

のことなどを話し合ううちに、

「この３人で情報発信していこう」

という話が出てきたんです。それが２０１９年８月。そこからは早かったですね。

話し合った結果、当事者の視点から児童福祉やさまざまな支援の情報などの話題を、明るく楽しく発信し、番組を見た人と次へのアクションをともに考えるような番組をつくって、ＹｏｕＴｕｂｅで配信することにしました。

番組名は「ＴＨＲＥＥ《スリー》 ＦＬＡＧＳ《フラッグス》—希望の狼煙《のろし》—」と決め、翌９月５日にはトライアルをアップしました。

配信を始めてスポンサーを募集したら、コンパスナビが手をあげてくれました。

「こういうことをやりたいと言ってくれたら、うちでやったのに」

コンパスナビの母体会社であるＩＡＣの皆川《みながわ》社長が、そう言ってくれました。

コンパスナビは本当に当事者のことを応援しているんだと

感じて、すごくうれしかったですね。そういうわけで、ＩＡＣがスポンサーについてくれました。

番組ではこれまで、僕たち3人それぞれの経験談や、児童養護施設や一時保護所の特集、施設の職員さんや「ゆずりは」の高橋亜美さんへのインタビュー、里子として育った人のお話や虐待事件についてなど、さまざまなテーマを取り上げてきました。

自分たちの手で制作しているので、あちこちカットされてパワーワードだけがひとり歩きするようなことはありません。僕たちの思っていることや、当事者や支援者の人たちの生の声を、そのままお届けできていると自負しています。

社会的養護について知らない人がまだまだ多いので、今後は、たとえば渋谷とか原宿で街頭インタビューをして「児童養護施設って知ってますか？」「一時保護所ってわかりますか？」と聞いてみるなど、世の中全体に対して問題提起をしていくような企画も考えています。

興味のある方は、ぜひ視聴してみてください。

大切なのは、コケたときの手助けをすること

ネグレクトを含めた虐待はいまもっとも注目されている社会問題のひとつです。ただ僕自身は、正直なところ、虐待は減らすことはできてもなくならないと思っています。だから「虐待をなくすこと」、つまり「虐待をする人がどうしたら虐待をしなくなるのか」を考えるだけではなく、「コケたときの手助け」、つまり「虐待をしてしまったときのアフターケア」がもっと必要だと思います。

何かつまずくことがあっても、いっしょに考えて手を差し伸べてくれる社会であれば、大人は安心して暮らすことができる。そして、大人が心豊かでいられたら、子どもたちも幸せでいられる。

そういう社会を築くことが大事だと思うんです。

子どもを救うことはもちろん重要ですが、それだけでは虐待問題を解決することはできません。虐待している親も救われる社会にならないと、本当の解決には至りません。

虐待に限らず、そういうふうに一つひとつの問題や課題をひもといていくと、それぞれいろんな側面があって、それらが集まってひとつの課題を形成していることがわかります。だから、ある分野の専門家だけではなく、いろいろな分野の専門家の人たちや業界の人たちが集まって、大きなチームとなって取り組んでいかなくてはいけないと思います。

そして、そのチームのメンバーを集めることが、いまの自分の役割かな、と思っています。

「子どもの権利」を考える

子どもというのは、社会的に弱い立場です。たとえば、何か発言をしても「子どものわがままだ」と言われたりする。そうして、子どもだからといって制限されてしまうことがたくさんあります。

でも、「子どもの権利」といって、子どもにも生まれながらもっている権利があり、それを守るための権利条約が定められています。

そして、その権利のなかには「参加する権利」といって、自由に意見を言ったり集まって活動を行ったりできる権利も含まれています。だから、渋谷のハロウィンのように、子

生きる権利	育つ権利
住む場所や食べ物があり、医療を受けられるなど、命が守られること	勉強したり遊んだりして、もって生まれた能力を十分に伸ばしながら成長できること
守られる権利	**参加する権利**
紛争に巻きこまれず、難民になったら保護され、暴力や搾取、有害な労働などから守られること	自由に意見をあらわしたり、団体をつくったりできること

子どもの権利は大きく分けて4つある

どもたちの行動にむやみに規制をかけるのは不当に当たる可能性もあるんです。

子どもたちにも権利があることを、大人も子どもも理解をして、大人と子どもが、ともに学び合い楽しみながら生きていける。そういう心豊かな社会をつくれたらと思います。

近年では、「子どもの権利擁護」のスペシャリストの育成が始まっていて、その分野にも携われたらといいなと考えています。

たとえば、第1章のところで少し触れましたが、一時保護所出身者や職員など多様な人たちが集まる「いちほの会」（↓54ページ）も、「子どもにとって最善な一時保護所というのはどういう場なんだろう」ということを考える会です。

一時保護所の役割というのは、子どもたちを虐待や貧困から一時的に避難させられればそれでいいというわけではありません。そこにいる間も、病気やケガをしたら治療を受けられる「生きる権利」、教育を受けたり休んだり遊んだりできる「育つ権利」、あらゆる暴力や搾取から「守られる権利」、自由に意見を言ったり活動したりできる「参加する権利」という4つの子どもの権利が擁護される場であることを目指すべきです。そういうことも強く訴えていきたいと思います。

また、一時保護所から家に帰るか、里親と暮らすか、児童養護施設に入るかは、子どもは自分で選べません。とはいえ、里親や児童養護施設の説明をしても、5歳の子がそれを理解できるかといったら、できるはずありません。

だから、まずは1週間だけ体験してようすを見るとか、子どもも自分がなじめそうかどうかを判断できるような環境をつくってほしいと思います。全国から児童養護施設出身の活動家の子たちが集まる「全国交流会」では、そのことを広く訴えていこうという話が出ました。

また、同じ会で、各支部ごとにリーダーをつくり、地域でどういう声が上がっているかを全部まとめて、職員さんたちにきちんと話せるような体制をつくっていこうという案も出ました。おそらく「子ども委員会」という名称になると思います。

社会的養護下で育つ子どもたちが、もっとのびのびと暮らしていけるようなしくみづくりをしていきたいです。

こんなふうに、これから「やりたいこと」「やらないといけないこと」がたくさんあります。でも、仕事のこだわりはありません。

「この仕事じゃなきゃダメ」というのはなくて、そのときに出会った人・もの・ことつながって、僕の何かが生かされて誰かの役に立つのなら、それを仕事にしていけばいいんじゃないかなと思っています。

これから、もっともっといろいろな人やものと出会ってつながりを増やし、それらを巻きこみながら、楽しく、僕らしい当事者活動を展開していきたい。

ゴールなんてありません。社会課題に取り組み、その解決のために全力を尽くすのは、本当に楽しい。

結愛ちゃんや心愛ちゃんのように虐待死した子たちの分も背負って、虐待されながらも生き残った僕は、生きていかなくてはいけない。そう思います。

「虐待の連鎖」を恐れない

僕は、まわりの子たちのような「ふつうの家族」をもちたいとずっと憧れてきましたが、でも、結婚したいかというと、そこは微妙。正直、パートナーより子どもがほしいです。子どもを見ていると、「すごいなぁ」とつくづく感心します。何にも抑制されることなく、縛られることなく、素直に考えていることを表現できることに。

「こういうときはそういうふうに思うものなんだなぁ」

というのを子どもたちから学ぶことが多いんです。

だから、自分の子どもだったら、やることなすこと全部かわいくて、たまらないだろうなと思います。

いまでさえ、叔母のいちばん下の子を、従妹や妹というより自分の子どものように見ていて、たまらなく愛しく感じているんです。僕のことを「にいに」って呼んでくれるんですが、寝る前に「にいに、おやすみ。あぶ」って。

うんと小さい頃に「アイ・ラブ・ユー」が言えなかったので、「あーぶー」って教えたら、ずっと「あーぶー、にいに」って。もうそれを聞いただけで泣けます。録音した音声を聞いて、その日だけで少なくとも5回は泣きました。

小さい従姉妹があれだけかわいいんだから、自分の子どもはかわいくないはずがない、と思うんです。

いちばん下の従妹と

だから、子どもはすごくほしいです。もう7人でも、8人でも。養子も迎えたいし、里親にもなりたい。

「血のつながり」はどうでもいいんです。

「家族」というのは「守りたい存在」だと思うから。

たとえば、従姉妹とか仲間とか友だちとか、そういう「守りたい存在」が僕にはたくさんできはじめています。だから、もうそれに名前をつけるのはやめることにしたんです。そういう存在がいるだけで幸せだなと思うようになりました。

この話をすると、

「自分も虐待してしまうかもしれないと、怖くなったりしない？」

と聞かれることがあります。

「虐待は連鎖する」とよく言われますし、僕自身、山田さんと15年ぶりに再会した瞬間に恐怖で体が震えたことで、

「身に染みついたものというのは、出てくる可能性があるな」と思いました。でもそのとき、「そういう自分も受け入れよう」と思ったんです。「そういう自分を否定しちゃいけないな」と。

たとえば、僕はすごく負けず嫌いで、ゲームとかスポーツとかで絶対に負けたくないんです。もし負けそうになると「くっそー！」と怒りの感情がストレートに出てしまいます。だから、「虐待は絶対にしない」というのは心に決めているけど、もし子どもに対して頭にくるようなことがあったら、怒りで山田さんと同じようなことをしてしまう可能性はあると思います。

でも、いまは、そういうコケたときにいっしょに考えてくれる人がまわりにいるから、それを自分ひとりで解決しようとは思わなくなりました。

もしそうなったとしても、いっしょに「苦しい状況を変えていくためには何ができる

か」を考えてくれる家族のような仲間や友だちがいます。だから、みんなに助けられて、また、こちらも助けられることがあったら助けて、そうして、ともに支え合いながら「人」として成長していきたいなと思っています。

［コラム］「支援される側」から「支援する側」になって見えてきたこと

施設出身者の僕が、施設で暮らす子どもたちや退所した若い子たちを支援する側にまわったことで、はじめて見えてきたことやわかってきたことがあります。

たとえば、僕が施設にいた頃は、先生たちと子どもたちとの力関係、パワーバランスがすごくとれていました。門限など細かい生活ルールがあって、それを守らないと先生方も厳しく指導をするけれど、体罰などの虐待行為は一切なし。先生も子どもたちもそれなりに言いたいことを言い合えて、親子ゲンカのようなこともできる。そういう風通しのいい状態でした。

ところが、施設でも先生より子どもたちのほうが力をもつようになって、先生の言うことを聞かなくなってきた。僕の時代よりもっと前なら、規律を守らずぐうたらしていたら、それこそ先生が力ずくででも起こして学校に行かせていましたが、いまは施設内でも、引きこもりで昼夜逆転生活を送っている子がザラにいます。

そういう子たちがいきなり、

「もうすぐ18歳になって施設から出ないといけないから仕事を探して」

と言われても、なかなか難しいんです。

施設に入る子どもたちは、困難な生い立ちゆえに、人を信用していなかったりコミュニケーションが苦手だったりして、人間関係でつまずきやすい子が多くいます。ましして、引きこもらなくてはいけないような精神的な問題を抱えていたり、規則正しい生活を送ってこなかったりする子が、いきなり社会に出て働くというのはハードルが高い。

そういう子と真摯に向き合い、雇ってくれるところを探して紹介するものの、ちょっとうまくいかないと仕事に行けなくなってしまう。早い子では就職してわずか3日、続いても1週間くらいで退職してしまうというケースがすごく多いんです。

雇用を頼んでいるのは、社会的養護の子どもたちを支援したいという熱い思いをもっている会社に限定していて、会社側は「うちで面倒見るから」と言ってくれています。にもかかわらず、いまのところ、うまくいっているのは1割程度。これは、自立の準備ができていない子を無理に送り出そうとしているのが一因なのではと、考えさせられます。

まだ自立の準備ができていない状態で卒園した子の場合、20歳未満であれば、自立のためのサポートを受けられる「自立援助ホーム」につなげることもできます。でも、仕事をしながら自分で寮費を稼ぐことが前提なので、やはり働かないといけません。また、それ以上の年齢になると自立支援ホームの対象外になるので、「生活保護」につなげたりすることになりますが、それでは基本的な自立のサポートにはならないので、悩ましいところです。

また、支援する側になって、施設によって退所後の支援に大きな差のあることも知りました。

卒園前に就活をして、はじめて就職するときには、どこの児童養護施設でも園長先生が保証人になってくれます。でも、退所後に転職したり引っ越したりする場合は、園長先生がもう一度保証人になってくれるところと、なってくれないところがある。もし保証人になってもらえないと、再就職もできず住むところもなくなり漫画喫茶やネットカフェを転々とする、そんなふうになってしまうことがあります。

つまり、育った施設によって退所後の人生が大きくちがってくるんです。僕の場合は、退所後も国籍のことを心配してくれたりとすごく面倒見のいい施設で育ったので、当事者活動をするまで、施設に格差があるなんてまったく気づきませんでした。

こういう点も含めて、「これからの施設のあり方」をしっかり考えていかなくてはいけないと思います。

おわりに　〜「自分」から「社会」へ〜

当事者活動を始めた頃、「当事者」という言葉を使うことにすごく違和感を覚えました。というのは、僕自身、虐待されて社会的養護下にいた当事者だけど、同じ当事者の人たちから話を聞いていると、育った施設によって環境が全然ちがいます。「当事者」とひとくちにいっても、いろんな当事者がいるんです。

また、僕はいま現在、誰かから虐待を受けているわけではないし、義父との過去の清算もできて、虐待を受けたことは「人生いろいろあったなかの、ひとつの出来事」という位置に落ちついています。だから、いまの自分は正確にいうと、「当事者」ではなく「元当事者」なんです。でも、それをいうとややこしくなるので、「当事者」という肩書で活動しています。

僕自身は虐待、施設出身という「当事者」ですが、こうして活動をしていると、取り組んでいかなければならないのは単に虐待の問題だけではなく、貧困、生活保護、外国人労働者、教育、就職のシステムなどなど、社会のいろいろな問題にかかわっていることを実感します。

いま世の中には、こういった社会問題にからんだ事件やニュースがあると、その背景を見ずにバッシングする風潮があります。たとえば、「生活保護を受けている人が、受給した7万円をすぐに使ってしまう」というような例。

「なぜ?」「ダメだろ!」

という声が渦巻きますが、その人の生い立ちを調べてみると、親による経済的DVで、いままでバイトでお金を100万円とか貯めても、すべて取られていた。だから「お金の使い方」がわからない。教えられてはじめて、生活をするのに、どんなふうにお金がかかるのかを知る。

そんなことが、ザラにあるんです。

親が標準的な日常生活を送れるだけの給料を稼ぎ、この人がそのなかで衣食住がきちんとたりた生活をし、生活必需品とは何か、娯楽費とは何か、交際費とは何か。そんなお金の当たり前のことを当たり前のように知っていたら。

ふつうであれば「当たり前」なことを与えられてこなかった場合。経験できなかった場合。その結果起こっていることを、自己責任と言って責められるでしょうか。

だから、僕の携わっている活動は、個人の抱える問題ではなく、社会、すなわち国全体の問題だと気づきました。

僕は社会福祉の専門家ではないから、こういう人生を歩んできたひとりの人として、あくまでもいち当事者として、発信しているだけなので、自分が正解だとは思っていません。この本に書いたことも、あくまでも僕個人の体験であり、「はじめに」にも書いたとおり、当事者には当事者の数だけ背景があり、体験があり、思いがあります。

また、虐待ということに関していえば、令和元年（2019年度）の福祉行政報告例や厚生労働省子ども家庭局家庭福祉課の資料を見ると、児童相談所が児童虐待相談を受けた19万3780件のうち、一時保護されたのは約15％の3万264件。さらにそこから施設などに入所するのは16％の5029件、相談件数と比べると、なんと約2％です。

もちろん、数字だけで実態が見えるわけではありませんが、助け・保護を必要としているのに保護されていない子どもが多くいるという可能性が見えます。さらに、この数字には上がってこない、でも現在苦しんでいる子どもたちもいるでしょう。僕は虐待はされたけれど、発見されただけ「マシ」ともいえます。

発見されずに苦しみつづけて大人になった人、いまも苦しんでいる人からしたら、僕のやっていることは、自分の不幸体験を売りにしていい気になっているだけに見えるかもしれません。

でも、そういう僕の発信したことが、何か特別な専門知識をもっている人や特異な能力をもっている人たちに届いて、いっしょに活動していけるようになったら、すごく世界が広がるかもしれない。

ひとりでがんばるより、そのほうがはるかにできることが増えると思うんです。

最近、楽しいなと思うのは、「世の中にはいろんな思いをもってる人がたくさんいるな」ということです。「何かをしたいと思っているけど、どう役立てるのかがわからない」という人がけっこういるんです。

そういう思いの溢れている人たちがどんどんつながってほしいし、孤立している人もそこにどんどんつながってほしい。だから、ある意味、僕はハブのような役割をしているんだなと思っています。

つなげる役割でいうと、「クローバーハウス」のように「行政×企業×当事者×地域」がつながった居場所を全国にたくさんつくりたいと考えています。

というのも、うちより先に居場所事業をやっている滋賀、東京、栃木、宮城などの事業所に見学に行ったのですが、どこも行政に頼らず自分たちでやりくりしているんです。講演料と寄付金が半分、あとの半分は持ち出しという状況なので、すごくいい活動しているのに、続けられなくてつぶれてしまったりする。でも、そういう熱い思いをもって取り組んでいるところをつぶしちゃいけないんです。

自治体によっては「予算がない」というところもありますが、成功例があればまた変わるでしょう。だから、埼玉県から委託されてやっているクローバーハウスを絶対に成功させなくてはいけない。僕はこれを是が非でも成し遂げないといけないと、肝に銘《めい》じて取り組んでいます。

ひとつの活動がきっかけとなって大きな活動へ。ひとつの声がどんどん共鳴し、輪を広げて大きな声へ。そんなふうに、思いをもつ人の活動や声が、どんどん広がっていきますように。

この本も、そんな共鳴のなかのひとつ。最後までお読みいただき、本当にありがとうございました。

著者略歴

1992年、東京にてフィリピン人の母、日本人の父の間に婚外子として生まれる。

4歳から11歳まで、母の結婚相手（義父）から虐待を受ける。11歳のときに小学校の先生が虐待に気づき、保護されて児童養護施設へ。14歳のときに母を乳がんで亡くす。施設卒園後は病院の看護助手、ドコモショップなどで働く一方、フリーのモデル・タレントとして活動。現在は芸能活動を続けながら、埼玉県の一般社団法人コンパスナビで、社会的養護出身の若者の居場所・拠り所をつくる「児童養護施設退所者等アフターケア事業（クローバーハウス）」に携わる。また、児童養護施設出身者として、セミナーやトークイベントなどへの出演やYouTubeの配信など、積極的に当事者活動を行っている。

NexTone PB000051837号

虐待《ぎゃくたい》の子《こ》だった僕《ぼく》
——実父《じっぷ》義父《ぎふ》と母《はは》の消《き》えない記憶《きおく》

二〇二一年一〇月八日　第一刷発行

著者　ブローハン聡《さとし》
発行者　古屋信吾
発行所　株式会社さくら舎　http://www.sakurasha.com
東京都千代田区富士見一-二-一一　〒一〇二-〇〇七一
電話　営業　〇三-五二一一-六五三三　ＦＡＸ　〇三-五二一一-六四八一
編集　〇三-五二一一-六四八〇　振替　〇〇一九〇-八-四〇二〇六〇
装丁　アルビレオ
本文組版　有限会社マーリンクレイン
印刷・製本　中央精版印刷株式会社

ISBN978-4-86581-314-2